少年鲁滨孙

欧美中小学通识启蒙读本

[加拿大] 凯瑟琳·帕尔·特雷尔/著　　志晶/译

天津出版传媒集团

天津人民出版社

图书在版编目（CIP）数据

　　少年鲁滨孙/（加）特雷尔著；志晶译. —天津：天津人民出版社，2016.4
　　ISBN 978-7-201-10119-4

　　Ⅰ.①少…　Ⅱ.①特…　②志…　Ⅲ.①儿童文学—长篇小说—加拿大—现代　Ⅳ.① I711.84

　　中国版本图书馆 CIP 数据核字（2016）第 023795 号

少年鲁滨孙
SHAONIAN LUBINSUN

出　　版	天津人民出版社
出 版 人	黄　沛
地　　址	天津市和平区西康路35号康岳大厦
邮政编码	300051
邮购电话	（022）23332469
网　　址	http://www.tjrmcbs.com
电子邮箱	tjrmcbs@126.com

责任编辑	陈　烨
策划编辑	张　历
装帧设计	平　平

制版印刷	北京凯达印务有限公司印刷
经　　销	新华书店
开　　本	900×1270毫米　1/32
印　　张	8.75
字　　数	140千字
版次印次	2016年4月第1版　2016年4月第1次印刷
定　　价	32.80元

以自然为友，与万物为伴

不管怎样，天空还是那样广阔，海洋还是那样深邃，我们周围的世界还是那样到处充斥着未知的秘密。我将用毕生的精力去探求，因为探索未知世界是最有意义的事情！

——比安基

生活在现代社会中，所谓的"大自然"，对千千万万的青少年来说，真是太难得一见了。说一句"融入自然，与万物为伴"很容易，但又有多少人能真正实现呢？

能够亲身进入一片真正的森林，亲耳听见各种鸟鸣，亲眼看见各种小动物，亲手抚摸各种植物，亲历丰富多彩的自然奇观……是多少人曾梦寐以求的愿望啊！

然而，有几个人真正能做到呢？有多少人，还怀揣着一颗探索自然万物的好奇之心呢？还有多少孩子，还保有纯净、懵懂而鲜活的关于大自然的梦呢？

如果暂时无法真正地亲近大自然，不妨通过阅读经典名著，在想象中走进大森林，走入荒野，走入星空……

通过阅读，去亲近自然和宇宙，感受四季的变换，倾听草木的呼吸，探索浩瀚的外太空……

出于这样的考虑，我们出版了"欧洲中小学最佳课外读本""欧美中小学通识启蒙读本""美国中小学通识启蒙读本"等系列图书，以期为广大青少年读者拓宽视野、培养人文、科学意识，提供有益的帮助。

其中，"欧洲中小学通识启蒙读本"系列先期推出的一套图书，包括《少年哥伦布》《少年探险家》《少年鲁滨孙》三本。

这是一套趣味横生的课外读物，更是寓教于乐的探索大自然之作。三位作者维·比安基、康·齐奥尔科夫斯基、凯瑟琳·帕尔·特雷尔，均为世界知名的科普、文学名家。

他们将深邃厚重的命题隐藏于优美抒情的文字之中娓娓道来，令小读者在不自觉间感受到关怀自然就是造福自身的道理。

三本书的具体内容各有不同，但却同样生动、美妙、趣意盎然，足以挑起任何人的好奇心和求知欲。同时，情节严谨，笔触真挚，充满对人类，对地球，对宇宙万物的关爱。

三位作者都是写故事的高手，在他们的笔下，世界是如此广阔，万物又是如此神奇，热爱野外探险的孩子们，是如此单纯、热情，充满活力！在普及科学知识之余，这套书无疑能真正唤起孩子们对自然科学知识的兴趣和热情。

本系列图书曾缔造了惊人的销售记录，具有广泛、深远的社会影响力，多年来广受赞誉，入选欧美多地中小学课外阅读书目。

目录

第 1 章

迷失在大森林里的少年

晨曦的灿烂阳光，光照长空，

将加拿大照遍，将大地展现给上苍；

加拿大洁白的长袍，绚烂辉煌，

海岸边，滔天巨浪奔腾翻卷。

——《雅各移民歌》

一片幽深而肥沃的山谷，正好位于莱斯湖和安大略湖之间，四周高山环抱，山上树木丛生，一片一片的橡树和松树生长在山顶上。

枫树、柏树、铁杉等不同种类的上好木材生长于山坡和遍布淤泥的山谷低地上。清澈的小溪奔流于风景如画的山谷里，溪水是那么纯净、凉爽，于是，这片山谷得名"清泉谷"。

现在，这儿的土地已经得以全面开发，不过，我的故事开始的时候，此处尚是一片不曾被开垦的荒野，仅有两个小农场，当地住户占有此处大片的土地。

倘若要说这一带土地属于谁，也仅能说，它属于四处游猎的印第安部落的所有人，不过，按照印第安人的"森林约法"，莱斯湖以北的土地都应该属于他们。

习惯奔波在坑坑洼洼土路上的人，倘若安顿于精耕细作的田地间和花朵飘香的果园里，每天看到的除了井井有条的农场，就是成群结队的牛羊。

繁华整洁的科伯镇，现在是安大略湖重要的港口，最早的时候，这儿仅仅是一个只有几座木头房子或者砖房的小村子；如今发展较快的合浦港一带，昔日还是一片景致怡人的荒地，那里连一棵值得供拓荒者砍伐的树都不存在。

当然了，当时，那片辽阔壮美的水域上，也没有运送加拿大富饶物产的船只，更不存在轰鸣着的汽船，将潮水般的移民运送到北部和西部的森林地区。

现在，昔日荒无人烟的孤寂荒野已经成了丰饶的田园。倘若有了上帝的恩赐，再加上时间和人类的勤劳，什么事儿都可以做到。

不过，还是让我们回到正题吧。在此，首先介绍给年轻读者的，就是清泉谷的开拓者。

列兵邓肯·马克斯韦尔时年十八岁，他的祖辈来自苏格兰高地。他参加了魁北克战役，在战争中表现优秀，骁勇善战，因此，获得了上校的赞扬和认同。战争快要结束的时候，邓肯受了伤。当时，伤病员将医院都要挤爆了，结果，他就被部队安顿在魁北克郊区一个贫穷的法裔加拿大寡妇佩洪家里。

佩洪有一个与他年龄相当的儿子皮埃尔，以及年仅十六岁的黑眼睛女儿凯瑟琳。尽管邓肯是个外国人，而且还是敌人，不过，寡妇及其家人依然给予其尽心尽意的照料。寡妇家如同一个寄宿

店，来此寄宿的人相当多，她也因此忙得不可开交，自然没太多的时间照料邓肯，于是，照料他的工作顺理成章地落到了她的儿女身上。

邓肯性格开朗、心胸坦荡，因此，在极短的时间内就获得了皮埃尔和凯瑟琳的敬重。虽然国家之间存在偏见，语言和民族习惯也存在不同之处，不过，这些不同之处，丝毫不影响这位年轻的苏格兰高地人与孩子们间迅速建立起深厚的友谊。

很快，部队要撤回英国，而此时邓肯的身体也已康复，完全可以归队了。分别的时候，孩子们难分难舍，尤其是可怜的凯瑟琳！此时，她才意识到，自己那颗年轻纯洁的心何以如此痛苦——原来她不愿意与其悉心照料的年轻病号分开。

邓肯心里的难过之情是相同的，他也不愿意与这位可爱的小护士分离。他不知道经此一别是多少年还是终生，不过临走前，他认为务必要让凯瑟琳知道，她对自己的重要性。

于是，他私下里告诉她，希望将来能回来娶她为妻。凯瑟琳红着脸边哭边承诺，自己会等着那个幸福的日子来临，而且承诺非他不嫁。皮埃尔则答应，自己必定会与朋友站在一起，确保不让凯瑟琳变心。他相当诚实地对邓肯说："伙计，凯瑟琳不但漂亮而且活泼，你走之后，她必定会拥有众多的追求者。"

人们常说，真爱之路曲折难行，不过，对于我们这位年轻的高地士兵及其未婚妻来说，他们的真爱除了别离之外，不曾受到任何别的干扰，这是由于，当爱情建立在感激和尊敬之上的时候，分离只能让其更加稳固。

漫长的两年时间就这样过去了，团聚的希望还是那么渺茫。不过此时，邓肯在一次意外事故中落了残疾，无法再为国效力，不得不领了养老金退伍了。

要知道，当时的军队养老金数目并不大，于是他为了寻找心上人，马上返回魁北克。虽然仅仅是两年的时间，但已经发生了太多的事情：寡妇佩洪死了，快乐、开朗的皮埃尔到一位木材商家做了上门女婿，与其女儿结了婚。此时，在魁北克已经举目无亲的凯瑟琳不得不跟随着兄嫂去了西部，居住在蒙特利尔北边的一个小移民区里。

邓肯做人做事始终是那么执着。他就这样一路寻找，结果真找到了那儿，没过多长时间，他就和心爱的凯瑟琳结了婚。其实，二人有一个共同点，那就是他们信仰同一个宗教。

皮埃尔到过安大略湖沿岸的很多地方，也时常与一些印第安朋友在安大略湖和莱斯湖之间的地方打猎，现在，他打算与邓肯一起去林区开荒定居。

他提前看好了一块坡地，它位于平原和莱斯湖之间，他认为那里用来安家、垦荒是最好的选择。邓肯在看了那块地之后，对

其想法欣然同意。那块坡地地势平缓，与其家乡苏格兰高地的粗犷和四下光秃秃的不同。实话实说，邓肯发自内心地喜欢上了这片山地。

要知道，在当时的年代，倘若林地不曾被别人开垦，那么，要想占有一片土地就纯粹是个人的事情，因此邓肯接受了大舅子皮埃尔的提议，二人决定在这片坡地上开辟出一条路来，并搭建房屋，开地播种。然后他再回去将妻子接来，在此安家落户，相信没多久，他们就会成为此地的农场主。

其他人也是这样做的，于是，一小片一小片的居住地就是这样被建立起来的，有的人在后来还当了村长，他们两人也完全可以这样。

如今，回头看我们这两位林区开拓者的创业生活，在起步阶段真的是相当艰难，不过，对于他们而言，这真不算什么。皮埃尔最早的时候原本就是一个吃苦耐劳的伐木工，而苏格兰士兵皮埃尔早就对荒野中的艰难困苦习惯了，加之他在山区长大，对狂风暴雨丝毫也不畏惧，更不怕忍饥挨饿。不过我的本意并非是要介绍我们这两位年轻的开拓者及他们年轻的妻子是怎样勇敢地面对各种艰难考验的故事。

当初的拓荒人身上存在着一种坚韧不拔的精神，一种苦熬实干的精神，现在，这种精神已经不多见了。如今，文明的精神被广泛传播，无所不至，纵然居住于深山老林里的人也能享受到现代文明的舒适，所以，新移民极少能体会到老一代拓荒人曾经历过的苦难。

头一茬庄稼的收割付出了巨大的辛劳，要知道，倘若想将麦子运到家里，必定要让大胆的皮埃尔将麦子装在一艘尖头小划艇里，然后再在安大略湖里划上五十英里，找个离家最近的地方靠岸，再将邓肯叫来，二人合力方能将麦子抬回家。如此一趟，就需要一天的时间。

不过与看到摆在小棚屋里实实在在的麦子相比，那付出的辛苦就不算什么了，他们的心里只剩下高兴和满足。因为船小，他们不得不运了两趟，才将所有的麦子运完。开始的两年里，他们吃了太多的苦，受了太多的累！后来，慢慢地，他们获得了这些苦和累所给予的回报。

倘若就性格而言，皮埃尔和邓肯之间巨大的差异无人能比得上。邓肯，这位苏格兰高地人为人严肃固执，做事稳健谨慎，不管做或不做都是那么有板有眼。皮埃尔，这位法国人的后代，则天性乐观，每天如同云雀一样快快乐乐的，而且点子特别多，一个方法不行就换一个方法。

性格差异如此大的二人，倘若能成为朋友、成为邻居那真是太恰当了，这是因为，苏格兰人的稳健顽强对于法国人的急躁冒

进可以起到缓和作用。他们二人就如同两条小溪，从两座对峙的小山上流下来，最后共同汇入同一河谷里，虽然走的路不同，但最后的目标是相同的。

随着时光的推移，精耕细作的庄稼收成越来越好，两家人无须再为温饱而发愁。光阴荏苒，凯瑟琳已经成为一个有四个儿女的幸福的妈妈了，这四个孩子都长得相当壮实。新移民区的人丁越来越兴旺。不过，就此方面而言，凯瑟琳的贡献远不如其嫂子。

这两家的孩子打小就一起长大，关系特别亲密，如同一家人一样，其乐融融、不分彼此。海克托·马克斯韦尔是邓肯的大儿子，路易·佩洪则是皮埃尔的大儿子，此二人的天性、脾气截然不同，不过却亲密得像一个人，到哪都形影不离。

他们二人与小一点儿的小凯瑟琳、马蒂尔德形成一个难舍难分的小圈子，大家志趣相投，无论一起做什么还是玩什么，都相当开心。通常情况下，孩子在小时候都是互不服气、争争吵吵的，等到长大后通常不相往来，而他们则截然相反。

海克托和凯瑟琳是亲兄妹，不过，性格十分活泼的路易和凯瑟琳之间的关系竟然比亲兄妹还亲。马蒂尔德的性情则如同鸽子一样随和温顺，无论与谁都能和平相处，海克托则相当严肃。

海克托和路易都十四岁了，他们长得很结实，做事勤快且能吃苦耐劳；两个女孩子刚十二岁。马蒂尔德与我们要叙述的故事没太多的关系，我们故事的主角是海克托、路易和凯瑟琳，讲的是他们之间的故事。

凯瑟琳有着地道的法国人的性格，为人开朗、天真，遇事冷静细心，倘若就能力而言，与那些受过教育、智力已经得到开发的孩子相比一点儿也不差。可是实际上，她真的没读过任何书，只是父亲邓肯零星地教过她一点儿，此外再无其他。不过，其父亲念书的能力还得益于当初当兵的时候，那时候，上校十二岁的儿子相当喜欢他，于是平时就教他识字，他们分别的时候，又把自己用过的课本送给了他，封皮和扉页都破了的《新约全书》就是其中的一本。分别时，邓肯得到了小家伙给他布置的每天必读的《新约全书》章节的任务。

倘若邓肯知道，此礼物其实就是《圣经》，他或许就会去听牧师讲道而不是自己读了。不过，巧合的是，正因为他根本不清楚那本书就是《圣经》，因此，得以顺畅地领悟了福音的真谛。后来，他的孩子们（海克托、凯瑟琳、小邓肯和凯尼斯）都在他身上学到了研读原著的能力，并相当珍惜这本书，都顺利地将此书读完了。

教的人将教授这本书看作一项神圣的使命，而学的人不论何时学，都在其中感受到父亲对自己关于责任的嘱托。此书真的成为了一份财富，慢慢地，被孩子们视为无价之宝。这是由于，他

们在曲折的人生路上，在面对各种考验时，都从那里获得了支撑。

凯瑟琳不仅学了《圣经》，还将众多父亲故国的歌谣和传说记了下来。对于她来说，那个充满浪漫色彩的国度——苏格兰，如同仙境一般。她经常在茅屋里或草棚里为听众演唱忧伤的歌谣，述说着古老的传说，从而共同将愁闷的时光打发掉。其表兄路易和表妹马蒂尔德有时候真的搞不清楚，为什么凯瑟琳能记得住如此多的歌谣和故事，而且是信手拈来，不但能唱，而且能讲。

那是六月，明媚的花开时节，阳光灿烂。加拿大的大地，如同前面《雅各移民歌》中所唱的那样，换上新装，迎来了其最美丽的季节，大自然的景色也为之一新。在加拿大，五月的最后一个星期和六月的头三个星期与英国的五月差不多，同样到处是含苞欲放的嫩蕾、盛开的花朵，以及马上就要成熟的瓜果。

肥沃的清泉谷旁边的小山坡上，百花盛开：猩红的扁萼花开得大气而灿烂；延龄草和百合花差不多，同样是那样的洁白、清丽；天竺葵花的样子小巧纤细，其雅致的花瓣常常让近前的摘采者不忍下手；金灿灿的杓兰花长得相当奇特，其色彩诱人，微风吹过，马上出现一片绚烂的金黄辉光；在一片万紫千红之间，羽扇豆子花将一片天空般的蔚蓝投给大地；玫瑰花生长于略微平坦的地上，其浓郁的花香和美洲茶（新泽西茶）清新的芳香混合在一起，弥漫于空气中。

山脚下，一片鲜绿蓬勃的景象，那是树木的嫩叶和刚发芽的谷物；山顶上，风吹得松林的尖梢摇曳着；放眼望去，更远处的山谷边上一片黝黑，那就是被后来的加拿大人称之为云杉树和香脂树的树木。

树林里鸟类繁多，各种各样：夏天的红雀羽毛特别鲜艳，啄木鸟的头上是一片深红，蓝色鸣鸟欢快无比地唱着，冠蓝鸦的叫声格外响亮，整个森林呈现出一派生气勃勃的景象。

凯瑟琳家的小院门设计得相当粗犷，被郁郁葱葱的啤酒花藤掩映着。凯瑟琳正来回走着纺线，其轻快的脚步声与嗡嗡的令人打瞌睡的纺车轮声混合在一起。偶尔，她会哼唱几句爸爸教的苏格兰歌谣，或者随着纺线的姿势，配合着纺车轮的嗡嗡声哼唱起轻快的法国小调。她不知道的是，在浓郁的树荫里，有只小鸟正在偷看她。

路易兴高采烈地说："嗨！凯瑟琳，海克托和我想去'山狸草原'，就等你一个人了。牛都放出去了，想必此刻已经到了。今天的天气这么好，花儿开得也特别惹人爱，人人都可以采上几朵。印第安人的林地上，一定还可以找到鲜草莓呢。"

凯瑟琳向外面看看，羡慕地说："可是我今天不能去，路易。瞧！这么多的羊毛要纺成线，而且还要将它们拧起来；再说，妈妈也不在家。"

路易回答："你妈妈和我妈妈一起出去了。不要总是待在家里，你妈妈说她就出去一会儿。路易斯生病了，她想让你带个篮子，与我们一起去为路易斯采点儿草莓回来。海克托对那地方熟悉得很，必定可以找到又红又好的草莓。"

说着，路易将纺车推到一边，然后将线团收拾起来，扔进敞口的柳条篮子里。随后，他在凯瑟琳的头上扣了一顶挂在院子里的大平顶草帽，胡乱地为她系着带子。凯瑟琳看着路易，咯咯地笑，嗔怪地问他："马蒂尔德呢？"

"她呀！她就是一个乖孩子，现在正在照料着生病的路易斯呢。就算你用全加拿大的水果来引诱她，她也不会从路易斯身边离开。刚才玛丽吵着让我带着去，我答应为她带回很多很多的花儿和草莓。现在，她正高高兴兴地自己玩呢。"

马上要出门时，凯瑟琳又担忧地问："不过，路易，妈妈的确允许我出去了吗？看样子得去很长时间，山狸草原相当远呢！"

路易不耐烦地说："好了，好了！没问题！快走吧，海克托还在牛棚那儿等着我们呢！哦！再带上点儿面包和黄油。此外，还得带上个喝水的杯子，回来之前咱们一定得吃点儿东西。"

听到路易这么说，凯瑟琳彻底放心了，于是高高兴兴地将东西收拾好；走了几步，她又跑了回去，亲了亲自己的两个小弟弟：凯尼斯和小邓肯。

看到海克托扛着斧子，她十分惊讶地问："海克托，你为什么要拿着斧子？那么沉。"

"为了妹妹你呀！你用的扫把得换一根柏木把了。此外，我还要砍一根榆木或山核桃木做斧头柄。"

几个人说说笑笑地沿着开阔的林地走过去，到达了群山中间的一条小路。他们走得是那么的快，一路欢声笑语，压根不曾注意到，幽幽的荫凉已经将金灿灿的阳光取代了。

他们摘了大捧大捧的红黄蓝白各色花儿来玩赏，过一会儿就将其扔到路上，又开始摘新的更漂亮的。路边的石灰岩上长满了青苔，花岗岩的颜色红黄相间，还可以看到枝桠交错的树根，以及横在地上的大树。

在山林间，一条条小溪流汩汩地淌着。凯瑟琳时不时地看一看溪水中清澈的波纹和闪亮的石头溪底，都看得发呆了。有时候，她还会对飞过林间小路的红雀看得出神。他们旁边的松树或毒芹上不时落下红雀，它们的尾毛直竖，向着这些不速之客发出尖厉的叫声，好像压根不怕他们来抓自己，表现得无所畏惧。

正是中午，树林里相当幽静。凯瑟琳和路易特别兴奋，因为他们可以听到红头啄木鸟啄树干的笃笃声，松鸡在地上呼唤伙伴时的拍翅膀声，旋木雀在树与树之间飞翔、在树皮裂缝里找食吃的咕咕声。

　　他们不明白海克托为何会出现以下表现：他始终将脸孔绷着，只是急匆匆地赶路，而不像他们两人一样到处看，或是看鲜艳的花朵，或是看亮晶晶的溪水。就这样，凯瑟琳和路易一路嬉笑打闹，将海克托抛得远远的。后来两人找到一根满是青苔的树干，停下来等待海克托。这时，凯瑟琳问路易："海克托为什么始终紧绷着脸？"

　　"海克托呀，他不会被啄木鸟呀、山雀呀、百合呀、青苔呀、水蕨呀吸引注意力。他此时必定在思考，倘若将这块地开垦出来的话，可以产出多少稻谷或麦子呢！或者，就是在想此地的土壤或者树木，要不然就是思考如何找到合适的柏木或核桃木做扫把把儿和斧子柄。他和我不一样……"

　　凯瑟琳接过话茬说："他和我也不一样。不过，我们何时可以走回山狸草原？"

　　"别急，必定会到的。嘘，是否是牛的铃铛在响？哎！原来是海克托在吹口哨。"随后，重重的砍树声传到他们的耳中。原来，海克托发现了一棵相当适合的柏树，想将它砍下来放在路边，回家的时候好带着。他还对一棵挺大的山核桃树感兴趣，因为它可以做好几个斧头柄，于是，他也打算找个合适的机会将其弄回家。

　　路易和凯瑟琳走了很长的一段路后，坐下来休息了一会儿，直到海克托赶上来。海克托正为自己的发现而高兴，声称自己丝毫没有感到累。他说："我们只要赶到印第安林地，就会找到草莓，还会发现一眼清泉，我们就在那里吃晚饭。"

凯瑟琳跳起来说："路易，海克托，赶快，我就想摘很多很多的草莓。看！篮子里的花儿都蔫了，我只好把它们扔掉了，这样才能为小玛丽和生病的路易斯带回去满满一篮子鲜草莓，当然还有可爱的马蒂尔德。倘若她可以与我们一起来该多好呀！哦！山狸草原口到了。"

眼前是一片被当时的人们称为"印第安林地"的小树林。不过，现在这儿已经改名为小山狸草原了。

这儿的风景分外宜人，其中的树木郁郁葱葱，蕴藏着蓬勃生机。阳光自枝叶的缝隙间斑斑驳驳地洒落下来，凉亭一样的大树和花朵鲜艳的灌木在密林中随处可见。熟透了的草莓长满了山坡。

一想到可以采摘那诱人的草莓，几个人马上来了精神。他们先是美美地吃了一顿，然后到旁边的一条弯弯曲曲的小溪里喝了点儿水，又将带叶子的鲜草莓装满了一篮子。

林地里还有很多英国山楂树和植株很高的越橘，它们的中间开满了一串串雪白的花儿。想起两个小妹妹玛丽和路易斯，凯瑟琳也分别摘了一些。天渐渐黑了，他们已经在林地上耽搁了太长的时间。为了找草莓，他们早就偏离了进山谷时走的小路，也不

曾注意到任意一种可以指示他们回去的标志。等到要回去时，路易发现了一条废弃的小路，那上面好像有通向山谷外的牛蹄印。

路易高兴地说："海克托，走这条路吧！好在我们不曾偏离牧牛人走的路。当然，这条路未必能够直通家里，不过依旧可以回去的。"

海克托有些拿不定主意，他认为这条路太靠西了。不过路易持反对意见。他说："我们家旁边的峡谷不就在前面吗？我经常听爸爸说到了林地这块儿，峡谷会升高一点。"

海克托认为路易说得没错，于是几个人就放心地沿着那条山间小道走下去。那条小道上长满了杨树、荆棘和小灌木。让他们感到惊奇的是，这条路越走越宽，水流也越来越湍急，越来越清澈了。凯瑟琳兴奋地喊道："哈！这个峡谷太好了！真美呀！没错，这条河就是从我们的清泉谷那儿流过来的，以后我得时不时地来这里玩。"

又走了半天，太阳渐渐隐没了，天完全黑了。高大的岩石耸立在路旁的小河岸边，一些松树和白皮杨树也稀稀落落地生长在路边。几个人匆忙地向前走着。没过多久，他们来到一个岔路口，这里的两条路分别通向满是岩石的小山和一个深沟里。

凯瑟琳累得再也走不动了，于是干脆坐在路边一棵枝繁叶茂的松树旁的花岗岩巨石上，近处就是深谷。海克托则表情相当严峻，茫然地站在一边。路易坐在凯瑟琳脚边，望着前面那条幽深的峡谷，重重地叹了口气。

路彻底走错了，这地方是如此陌生，树木、溪水无不告诉他们：他们走错了路，到了一个从不曾来到的地方。夜色在极短的时间内就将帷幕拉上了，几颗星星无声地升到了天空，用满怀同情的光照着这几个可怜的年轻人。可是，它们不能将道路照亮，也不能为其指明方向。

一只夜鹰落到附近的一棵歪脖橡树上，此种夜鹰在晚间的时候或者飞翔于高空，或者和同伴追逐嬉戏，或者就如同一个扑进空箱子的人一般发出尖厉的叫声，用其宽阔的嘴巴去捕捉虫子。河在路下面潺潺地流淌着，夜鹰发出凄婉刺耳的乱叫声，周围一片寂静。

海克托先说话了："路易，我们错在沿着这条河走，恐怕今晚无法回家了。"

路易很沮丧，没说话。

发现泪水在路易乌黑的眼睛里闪动，海克托说："路易，平时你不会被任何难事吓倒。今天怎么啦？"

路易用眼角瞥了一下斜靠在树下的凯瑟琳，感觉她累坏了，于是什么也没说，不过心里相当乱。

海克托慢慢地说："我无所畏惧，我并不畏惧夏天的时候在外

面过夜。你们想，草是如此干，躺在上面睡觉是完全可以的。不过，凯瑟琳不能睡在地上，因为晚上会有露水，家里人此刻想必特别着急。"

最终，路易的眼泪落了下来，他抽泣着说："都怪我，是我把凯瑟琳给骗了，因此她才和我们一起来。姑姑压根不清楚她会出来，此刻必定又气又惊。亲爱的凯瑟琳，好海克托，请你们替我祈祷吧！请你们原谅我吧！"

此时的凯瑟琳已经哭得无法说话。海克托忍不住将路易狠狠责备了一番。他是一个相当认真的人，一直尊重事实，在他看来，路易的确是撒谎了。凯瑟琳那颗脆弱、敏感的心被路易的自责和悲恸打动了。她本性温和、善良，尽管路易做错了事，不过她依旧喜爱他。

倘若不是想到家人会因为他们的意外不归而担惊受怕，凯瑟琳认为此次历险也无所谓。不过，一想到慈祥而疼爱自己的妈妈被骗了，平时一向相当严厉的爸爸必定会对自己加以责怪，她就相当不好受。也正是因为这个原因，海克托相当焦急，同时，他也想让路易以后做事真诚一点儿，于是，就用相当激烈的言词将路易训斥了一番。

犯错误的路易现在彻底后悔了，他趴在善良的表妹肩膀上哭得死去活来，对于表妹安慰的话语，他压根一句都不曾听进去。

　　凯瑟琳转过脸，用柔和的目光恳切地看着海克托，说："亲爱的海克托，快别生气了，路易已经够可怜的了。他就是想让我快乐，也想让我可以和你们在花草树木中快活地过一天。总之，他是因为我而犯了错。"

　　海克托说："凯瑟琳，由于路易说谎，你看看现在的情况吧，父母从此不会再信任我们。倘若我们要回到清泉谷，我觉得也需要好几天。"

　　凯瑟琳说："今天晚上，亲爱的爸爸、妈妈一定既伤心又着急，我一想到这个，就特别难过。不过，别绝望，明天一定可以找到回去的路。"她又快活地说道。

　　对于少年而言，明天是一个永远存在魔力的词语。正是因为明天会很快过去，因此他们才要紧紧把握住明天。倘若一颗年轻的心对于明天不存在满满的希望，那才真的可悲呢！

　　海克托还是一脸愁云，不过凯瑟琳此刻已经开始振作起精神喊道："好了，海克托！好了，路易！都忙起来吧。我们要先找个可以睡觉的地方，睡在全是露水的地上肯定不行。看，这儿有一个相当好的小棚子，已经盖了一半了。"她指着一个被大风卷得翻出地面的树根说。那树根明显是在高高的峡谷岸上被拔起来后又摔下来的。

　　她开玩笑地说着："你们两个，快点！将几根松树枝砍下来后

钉到地上，要靠着那个老橡树根钉。如此一来，你们瞧，我们就会有一个可以遮风挡雨的地方。干活！干活！你们这两个懒家伙，难不成要让可怜的小凯特[1]如同印第安姑娘一样自己造房子？"

说着她走到海克托倚靠着的松树下，将斧子扛起来。凯瑟琳与其哥哥、表兄一样，对于晚上露宿在外无所畏惧，因为她原本就是一个肯吃苦耐劳的姑娘，而且身体也相当结实。不过她出于女性的敏感发现，此刻最有效，可以让两兄弟和解的办法就是让他们共同努力做事。

这个办法的确见效了，兄弟二人为了共同的目标——让凯瑟琳睡得舒服点儿，立刻干起活来，在干活的过程中，海克托的怒气一点一点平息了，路易也渐渐振作起来。

不同于平原上的松树，森林里松树的树干高、直且光滑，平原上的松树则一般枝叶垂地。这些松树粗细高矮各有不同，常常簇拥而生，长得十分美观，也有些松树散生于白皮杨树或者美丽的桦树中间。松树的气势雄伟，颜色青黑，被它旁边枝条纤细、叶子轻薄的伙伴陪衬着，那样子就更漂亮了。

海克托几下子就将一些树枝从附近的松树上砍下来，路易则用刀子将树枝削尖，凯瑟琳帮着他将树枝钉到了地上，使大树根

1　凯特，凯瑟琳的昵称。

和根上的泥土一起形成了小屋子的后墙，如此一来，一个可以遮风挡雨的棚屋就盖好了。

平时，路易常常将一把双刃猎刀挂在腰间，此时恰好派上了用场。凯瑟琳将一些水蕨和丛生薰草用刀砍下来，然后用它们铺成两张草铺，为自己做的那张铺在棚屋里面，为海克托和路易做的一张铺在靠近棚屋口的地方，两张床铺之间用干树枝和树皮隔开。

一切都弄好之后，她叫两个小伙子过来，像平时自己的父母所做的那样，将手举起来祈祷。他们虔诚地向上帝祈祷，希望无助的他们不会在天黑后受到野兽的骚扰，也希望自己的心中不会产生邪念。

那天晚上，或许是上帝听到了年轻祈祷者们的祈祷，他们在宁静与平和中睡得相当安稳，他们得以平安度过了平原上的第一个夜晚。

第 2 章

逆境求生

　　三个人一觉醒来时，初夏金灿灿的太阳已经高高地挂在了天边。虽然环境相当陌生，不过，他们却如同躺在家中的稻草垫上，好似爸爸、妈妈陪伴在身边一样，大家睡得相当香甜。他们睡醒后，又变得精神抖擞，信心百倍。

　　三个孩子倒是睡了一个香甜的觉，不过，他们的父母却是一夜无眠，他们非常担心和焦虑，真不知道是如何熬过来的！

　　那天天黑的时候，始终不见孩子们回来的大人急坏了，两位父亲马上将灌了油脂的火把点起来，然后开始到处寻找。他们一直在大声地呼喊，希望失踪的孩子们可以听到他们的喊声。他们经常停下来，静静地听着，看看能不能听到回声，不过，除了微风吹过松林的声音和被火把惊起的飞鸟扇动树叶的声音，以及他们自己的回声，别的什么也听不到。

　　天亮了，两位父亲既疲惫又伤心，他们回到家准备吃一点儿东西。两位母亲痛哭不止，于是，父亲们饭后便又分头去寻找。不过，他们压根不清楚，海克托他们走的那条牛群经过的林中小路。这件事由于路易那种只做不说的性格而变得更加扑朔迷离。他与妈妈告别的时候，没有将自己最后将走哪条路说清楚，仅仅说自己与海克托一同去找牛群，而且丝毫没说到凯瑟琳也要去。在和生病的妹妹告别时，他也只说自己一会儿就回来，还会为她带回草莓和鲜花。

唉！可怜的路易是如此得粗心，根本没有想一想，当时的他是如何将一张伤痛的网编织给了自己和自己的亲人们！孩子呀，倘若你想说谎话，一定要在此之前慎重思考！

倘若凯瑟琳在走之前没有亲吻小邓肯和凯尼斯，大家根本不清楚她会去哪里。凯瑟琳的妈妈想不明白的是，到底是什么原因让自己的乖女儿把整天的活儿丢下，竟然在不经自己同意的情况下和两个男孩子出去疯跑！要知道，凯瑟琳一向不爱出门。不过，如今她不见了，或许永远不见了。

她用过的纺车和一个没有拧完的线团就那样静静地摆着，已经摆了一天又一天，没有人会动，对于失去孩子的父母而言，那可是伤心之物！

两位父亲整天四处寻找孩子，不过，随着时间的流逝，他们还是没有找到。就这样，在不知不觉中，希望越来越渺茫，这个从前欢乐幸福的大家庭，被一种深深的忧郁和沉闷气氛笼罩着。

一周后，家人们不得不相信，三个孩子一定是遭遇了不测，要么饿死了，要么丧生于狼或熊的口中。或者，更糟的是，被可怕的印第安人抓去后折磨至死。这是因为他们极少到那些地方去，就是为了防止被传说中过于凶残的莫霍克人抓住。相比于莫霍克人的残忍成性，吉普瓦人和其他部落的人则稍微文明一点儿，因此莫霍克人经常遭到嘲笑。

少年鲁滨孙

　　邓肯和皮埃尔不曾向莱斯湖方向寻找。纵然他们那么做了，也不可能在那些深谷和山口之间找到他们的孩子。在寻找了一段时间后，伤心的父母们不得不放弃了，只能私下里替自己苦命的爱子、爱女伤心。

　　全家人因失踪者的音信杳无而痛苦难忍：他们甚至认为，即便传来了失踪者的死讯，也会让自己的心更好受些。唉！纵然是如此可怕的愿望，他们也不曾得到满足。

　　　　啊，即便悲哀的消息传来，

　　　　　那也是破碎之心的慰藉，

　　　　　悬着的苦痛终将结束，

　　　　　　幻想的梦也将远去。

　　让我们暂时离开清泉谷伤心的人们，回头看看那三位年轻的历险者是怎样在荒野中求生的。

　　早晨，团团乳白色的薄雾弥漫于山谷之中，一股股雾气从河床（现在此处叫寒谷）上升起。整个大地笼罩在一片迷茫之中，前一天晚上清冷月光下的景象一点儿也看不到了。地面是如此干燥，当他们醒来的时候，发现自己昨天走过的地方没留下任何印迹，至于路就更找不到了。

　　由于被一排高大的山楂树、越橘、白杨和桦树所阻，他们历尽艰苦才找到寒谷。寒谷里的山楂花开得相当茂盛，一阵阵沁人心脾的甜香扑面而来，就像众多乡村歌曲里唱的那样，小路和篱笆墙在五六月被"五月花"点缀得如此甜美。

比起"五月花"来，此地的山楂花丝毫不差。天真烂漫的凯瑟琳用这些花为自己的篮子编了一个花环，她是如此喜爱这些花，原因是花儿本身那么芬芳美丽，而非它们受到诗人的歌颂所致。不过话说回来，自然的诗歌原本就在年轻的心中，不拘于诗律和音韵的限制。

路越来越难走。雪松、白桦、白蜡树、桤木、落叶松等和密密麻麻的灌木丛缠绕在一起生长着，因此走起来相当费劲。地上冰凉、潮湿，由此可知前方不远处就应该是沼泽，几个人不得不退了回来，就着清澈的溪水喝了一气，又把脸洗了一下，然后爬上长满茂盛青草的河岸，再向下走进了一条狭长的山谷。

山谷两边相当陡峭，灌木和橡树长满其中，时不时可以看到一两棵挺拔的松树。他们顺着这条山谷向前走，地势逐渐开阔，周围是一座座小石丘陵，真的是风景如画。再往前走就曲曲折折地延伸到一片翠绿之中的河床了。

后来，人们发现了这儿的自然美景，于是，他们将林中四散奔流的溪水加以修浚疏导。现在，此地被称为"萨克维尔堤作坊"，可谓风景如画。

几个孩子担心，倘若继续向前走就会陷到沼泽里去，于是就

专挑高处走，最后走到了一道长满橡树的小山梁，那里是最高的地方。登上山梁，他们看到了一个美丽的湖泊。由于站得高，因此看得远，方圆数英里的风光全都一览无遗。

眼前，一团淡蓝色的水雾若隐若现，湖面波光粼粼，湖边的树木躲在水雾里，真是如梦似幻。一瞬间，所有的恐惧、忧虑都不存在了。他们站在山顶上，看着眼前的美景，无限的欣喜和欢乐充盈在心中。此刻，太阳正慢慢升起，青翠的小岛逐一从水雾中将自己的身姿显露出来。已经可以清晰地看到南北两岸，还可以清楚地看到海湾、海角，以及满是松树、橡树的小山。

随后他，们不由自主地提出很多疑问："我们身处何处？这个湖叫什么名字？它是安大略湖还是莱斯湖？湖那边究竟是美国还是可怕的印第安人的狩猎地？"

海克托记得，父亲经常告诉他，安大略湖是一个内陆湖，倘若天气晴朗，用肉眼就可以看到湖的对岸。现在，他们就可以清晰地看到此湖的对岸，那儿树木繁茂，草木间水鸟翻飞。湖的南北宽三四英里，东西更长，却看不到边[1]。

路易说："倘若可以在这美丽的湖边建个小屋住下来，那会是多么好的一件事呀！我们可以捕鱼，捉鸭子和水鸟！爸爸说，他

1　作者原注：莱斯湖从源头到肯特郡的布莱克出口，东西长约25英里，南北宽3~6英里不等。

在伐木的时候，就曾经划着木船到过众多的大河、大湖，我们也可以做一种那样的小船。"

海克托说："没错，这地方真好。此地和清泉谷相比如何，我还不能确定，不过，这片平原和草滩一定是个很棒的农场，倘若用心经营，收成肯定会很好。"

路易大笑着说："海克[1]，你总是那么现实。能有机会欣赏如此漂亮的湖，也真不枉费咱们走了一上午。我可要在此地欣赏上两天！凯特，你呢？"

凯瑟琳犹豫着说："我也是这么想的，路易，这个地方真漂亮，我并不怕睡在小棚子里。不过我真没法高兴起来，倘若可以让爸爸、妈妈清楚我们三人在一起就好了！唉！可怜的爸爸、妈妈。"说着，她又想到，家里人不清楚他们目前身在何处，肯定很着急。"如果现在在家里就好了！我太自私了，我可真傻呀！"

一看凯瑟琳哭了，可怜的路易也不由得伤心起来。当然，路易心地好，不过心思有些欠缜密，他俯身想对凯瑟琳安慰一番，结果却让自己的泪水滴落在妹妹的头发上，也将自己的手打湿了。

路易小声劝说："妹妹，我的心都快要被你哭碎了。我太蠢了，我都要悔恨死了。"

---

1 海克，海克托的昵称。

海克托强打起精神说："凯瑟琳，别灰心，我们的家和这里的距离或许并不如你所想的那么遥远。等你休息好，我们就出发。我们要先找点儿填肚子的东西，湖边阳光那么好，一定有新鲜草莓。"

听了哥哥的话，凯瑟琳将眼泪擦干，然后从刚才坐的高地旁边的陡坡走下来。她一下堤岸就一阵猛跑，边跑边喊："嗨！海克托，路易，这儿有很多吃的。"原来，在凯瑟琳前面的山坡上，青草茂盛，花朵盛开，一大簇一大簇鲜红的草莓隐藏于草丛中。长得这么好的草莓，在此之前她可没有看到过，它们每个都熟透了，且个头相当大。

"没错，妹妹！"路易一边说着，一边在一棵倒在地上的大树跟前弯下腰，将十来个松鸡蛋从树旁的密草丛里捡起来。原来松鸡们被凯瑟琳的喊声惊飞了，于是，路易的草帽就装下了这些蛋。当然，可怜的松鸡也在劫难逃，海克托甩出一块石头，就将其打了下来。

两个少年高兴地欢呼着，将猎物拿给凯瑟琳看，虽然凯瑟琳很饿，不过还是为松鸡妈妈的死而叹息。一般来说，女孩们极少会对少年们这么做而表示赞赏。海克托被妹妹满脸的怜悯之情逗笑了。

他说："运气还不错，刚才的石头投得相当准，从前我也像这样打过松鸡。这种鸟太笨了，有时候，你都可以追上把它逮下来。倘若运气好，天黑前我还可以打一只。无论如何，今天是不愁吃的了。要是能将其煮熟，或者在热灰里烤一下，那味道就更好了。"

他把妹妹篮子里的东西翻看了一下，然后说，"我们有十二个鲜蛋、一只松鸡，此外，还有很多的草莓。"

凯瑟琳说："可是，怎么能想到生火的方法，将鸟和蛋弄熟呢？"

路易说："蛋嘛，当然可以生着吃。咱们都回不了家，不得不饿着肚子流浪，那就不能过分挑剔了。哦，我来想一想，倘若稍微费点儿劲，或许也能将火生起来。"

"该怎么弄？"

"办法很多，最简单的方法，就是用刀子和一块火石一起擦，最后擦出火来。"

"火石？"

"没错，我刚才看到那么多的花岗石，不过一擦就碎，压根不可能擦出火星。不过，湖滩上必定有相当多的卵石，它们可以拿来当火石。"

杨树、桦树、白蜡树长满陡峭的堤岸。三人小心翼翼地抬着装满草莓的篮子，慢慢地走下堤岸，来到了闪闪发光的湖水边，

最后，在湖滩上的乱石堆里找到了一块火石，相当轻松地就弄到了一大把容易燃着的干莎草来引火。

路易平时看着粗心大意，不过此时却十分有办法：他将一片撕自妹妹裙子上的布用来引火。凯瑟琳从来就喜欢干净，而且特别节俭，再加上在外面又无针线可缝补，所以对于路易的行为相当恼火。

不过，路易一向就是一个不念过去和未来，只看当下的人，所以压根管不了那么多。就是由于这种性格，他将很多麻烦带给了自己和他人。在这方面，他和海克托之间可谓相差太大了。海克托和他爸爸比较相像，为人严肃认真，有板有眼；相反，路易则比较容易冲动，做事一直毛手毛脚的。

路易在尝试了数次后，手都被刀和火石擦破了，最后终于将火生起来了。干柴遍布于湖岸四周，于是凯瑟琳高高兴兴地把小锅拿出来，想煮几个鸟蛋。要知道，从头一天晚上开始，他们三人只吃了点儿草莓，其他的什么也没吃。现在能吃到熟鸟蛋，大家自然都很高兴。

鸟蛋煮好后，凯瑟琳选择了一个地方，大家坐下来休息和用餐。此地的景致非常漂亮，而且足够凉快，长满了雪松、杨树、桦树和纠结在一起的野藤和南蛇藤[1]，有的南蛇藤高达十五英尺，各种藤蔓形成了一个天然的凉棚。

他们坐在一棵大雪松下面，这棵雪松盘根错节，枝叶飘动，一眼清泉恰好位于其下。泉水发出叮叮咚咚的声音流过崎岖的湖岸，不断地流进湖里。他们找到几块被水冲得光溜溜的石头，将它们当作天然的凳子和饭桌，凯瑟琳精心地将得自大森林的恩赐摆在桌上，大家满怀感恩之情品尝起山间的美味珍馐。

三人共同的看法是，相比于清泉谷的鸡蛋，鸟蛋的味道要好得多。草莓原本是被装在用橡树叶编成的油光发亮的小篮子里的。此刻，心灵手巧的凯瑟琳又用山楂刺[2]将草莓穿起来，要知道，山楂可是大家都喜欢吃的。因为没有杯子，大家不得不用一个贝壳喝水，它是凯瑟琳在湖边草滩间的乱石堆里捡到的，这里的泉水非常清澈、甘甜。

不同于一般的少年，这几个加拿大少年不曾因为迷路而哭哭啼啼地瞎撞，且自叹命苦，互相埋怨，甚至群起指责那个让自己陷入困境的祸首——可怜的、轻率的路易。相反，他们习惯了丛林居民的种种艰难生活，因此，也就学会了如何冷静和勇敢地面

1　作者原注：南蛇藤，又称"千年不烂心"或者"蜀羊泉"，是很好的观赏性植物，药用价值也很高。

2　作者原注：长着长刺的美洲山楂多生长于肯星顿园林北边。

对一无所有的艰险处境，而并非如娇生惯养的孩子们那样轻易地陷入绝望。

对他们而言，吃不饱、穿不暖的生活是相当正常的，小时候，他们曾经一连数日，甚至几周仅靠吃草根、药草、野果和父辈们打来的猎物生活。

就这样，路易和海克托很早就开始了不可思议的狩猎生活，他们如同小鹿一样跑得飞快，挖陷坑、安夹子、设网子样样皆能。他们一旦将弓箭拿起，就如同善射的印第安人一样厉害，甚至能用石头、木标枪打兔子，猎松鸡和松鼠也能做到百发百中。

现在，他们只好坚强地面对什么都没有的生活了，如此，方能真切地感受到真本事对于人的可贵。

"永远不要让自己被困难压倒，相反，你要将它压倒。要让手被头指挥，而手如同一个训练有素的士兵，要听头的指挥。"这是邓肯·麦克斯韦尔的口头禅之一。

小孩子们做事情很容易灰心失望，他就会说："你是缺手还是缺脑子？你是不会动手还是不会让脑子转？"慢慢地，孩子就变得愈发灵活而坚强了。而此刻，正是对他们孩童时就学会的箴言进行检验的时候。

海克托借助于一把利斧，路易则完全借助于猎刀和小刀。小刀得自父亲在林区的一个朋友，那是他在前年冬天来看他们的时候送的。万幸，出来的时候，路易将其装在了衣服口袋里。要知道，那可是个最能装东西的口袋，里面都是些千奇百怪的东西，有线团、绳子、各色各样的皮子和钉子头，等等，都是所有男孩子的衣袋里最常见的小玩意儿。对于这些小物件，我们的路易·佩洪格外喜欢收集。

孩子们认为，在这样的地方过下去也相当不错。此地景色秀丽，气候宜人，还有吃不完的瓜果，他们感觉上帝真的是太仁慈了。

他们在湖水里洗了一把脸，打起精神接着向前走。尽管他们不愿意离开阴凉的泉眼，不过还是挑了一条人迹罕至的小路，向着群山和沟壑深处走去。莱斯湖周围纵横遍布着沟壑，这三个人特别疲惫，不时地看一看光秃秃的峡谷和陡峭的小山。

而在峡谷里、小山上，时不时可以看到不曾见过猎枪的小鹿和胆小的鹿群，恰然自得的鹗和白头鹰竟然在此安了家。那天，他们追随着鹿群的蹄印，走错了两次路，最后，才转到一条幽深的小峡谷里。

那里原本是一个大水渠，后来才成了一条阴凉的一片葱绿的小山谷。因为一块巨大的红色花岗岩位于狭窄的山路正中，因此，他们就为此山谷起名为"巨岩谷"。他们决定在此度过平原上的第二夜。

海克托用斧头将一块空地清理出来，然后，用树枝和灌木将

它围起来，再将树叶和草铺在地上。尽管就舒坦和光滑程度而言，无法和印第安人棚屋里的沙发和长榻相比，更无法和苏格兰山区高地人采摘的鲜石楠相比，不过，总算是一张床。

海克托和路易将床铺整理好，凯瑟琳则忙着准备晚餐——那只松鸡。一些灌木生长于陡峭的山谷边上，凯瑟琳为它们起名为"桦树丛"。凯瑟琳将几块薄桦树皮剥下来烘干，然后在石头上砸烂，将其碾成如同纸一样薄，放在一边备用。要知道，树皮里存着芳香的油脂，用它来引火是非常容易的。

海克托将那天早晨发现的火石小心地保存着，于是，他们没过多久就在岩石前生起一堆火，然后，像吉卜赛人一样，将松鸡挂在火堆边上的一个木叉子上烤熟了。尽管还不知道下一顿饭会在哪里，而且那只松鸡也不够吃，他们还是心怀感激之情地吃了一顿美味。

海克托天性并不乐观，这一点他和路易与凯瑟琳都不一样。此刻，他将自己的头靠在凯瑟琳的膝头，正在为明天的饭而发愁。而凯瑟琳对于当初父亲给她念的《圣经》相当确信，她将手放在海克托的头上，然后虔诚而温和地说："试着想想天空的飞鸟吧，它们尽管不种不收，也不攒粮食，可是它们同样活下来了。难道你还比不上它们吗？打起精神来，哥哥，爸爸曾说，上帝关爱着所有生命，他在他们处于饥渴时指引他们找到食物。爸爸可是一个聪明人，对不对，海克?"

路易说："自助者方能获得天助，我们还是先想想吃的问题吧。对了，我想这个湖里一定有鱼。"

凯瑟琳插话说："可是如何钓鱼呢? 我们在挨饿，可是鱼儿却自在地在湖里游泳呢。"

"亲爱的妹妹，别插嘴。我刚才在路上发现很多鹿群的蹄印和旱獭洞，还听见松鼠和花栗鼠的叫声，还有松鸡、鸭子、鹌鹑和鹬之类的小动物，它们都可以当食物吃，不过前提是得有将它们抓住的方法。而且，想必森林里会有非常多的水果和各种坚果。现在，我们还可以吃一段时间的草莓，很快，黑莓也会成熟。欧洲越橘也快熟了，你们也吃过，那种味道相当好。刚才我不曾发现树莓，不过，不久后，盾叶鬼臼也可以吃了，这里的低地上生长着很多。我们还可以采摘葡萄、三裂荚迷果、如同草莓般大的甜甜的山楂果、野李子、稠李来吃。随处可见的甜橡子，吃起来味道要比李子好很多。另外，还有灰胡桃和山核桃等，数不胜数的好吃的野果子。"说到这儿，路易停了下来，让自己喘了口气，然后接着列举森林中的美味。

"不过，还有狼和熊呢，它们也可以让我们变换一下口味呢。"海克托插入一句玩笑，"凯特，你不会被吓得发抖吧，似乎你已经被熊抓住了一样。好姑娘，你哥哥和路易都会把斧子和刀子挥舞

起来，为的就是保护你，你又怎么可能成为熊和狼的食物呢！"

路易殷勤地说："好妹妹，没有任何野兽可以打你的主意，勇敢的路易一定会将它们赶走的。"

凯瑟琳说："好吧，如今，我们已经清楚到哪里找吃的了。接下来，要想的问题就是怎样找。如果钓鱼，需要鱼钩、鱼线、鱼竿或者渔网。不过，我们没有任何一样工具。"

路易点点头，然后说："我可以找到线；鱼钩不好找，不过也不是一点儿没有希望；鱼竿嘛，我们可以将岸边的一棵小树砍下来代替；至于网嘛，这真的有些麻烦，不过倘若有一块布，将其缝在一个圆环上，那就可以做成渔网了。"

凯瑟琳大笑着说："路易先生，你太聪明了。不过，到哪里去找布和圆环呢？再说，又到何处弄缝制的工具呢？"

路易将妹妹的裙子角捧起，兴致盎然地看着。

"先生，不能这么对待我的裙子。看起来你感觉它可以做任何事。"

"没错，妹妹，我认为这裙子既不合身又难看，我就不清楚你和马蒂尔德，还有妈妈为何要穿这么难看的衣服。"

凯瑟琳说："路易，我们做像挤牛奶或擦洗这类家务的时候，这种裙子可以保护我们的衬衣啊。"

路易有点不耐烦地说："妹妹，你如今既无须挤牛奶，也不用打扫房子，就用不着这条裙子了，而我可以为它找出五十种用途。"

海克托烦躁地说："嗨！胡说！不要逗弄妹妹，也不要嘲笑她的裙子。"

"对了！我还差点儿忘了一件事。我曾听爸爸和伐木工老雅各说，倘若将蚌连壳放在火里烤熟后，撒上盐和胡椒，那是一道极好的美味。"

海克托说："倘若可以捞到蚌，那自然很好。可是，到哪里去弄盐和胡椒呢？"

"嗨！让我们用饥饿作调料，自然可以将其吃下去。再说，肯定有淡水螯蟹生活在石头下面的沙砾中，不过，要小心的就是，抓蟹的时候不要让手指头被夹到。"

海克托下了决心地说："明天早餐就吃鱼了，路易和我去打鱼，凯瑟琳去摘草莓。倘若打鱼用的线断了，那么，凯瑟琳要把你漂亮的头发剪下来，拧成线。"说完，海克托将手放在妹妹的头发上。凯瑟琳的头发自由地披散在脖子四周，而且打着卷、闪着光。

"啊！要剪我的头发，那还不如拿我的裙子让路易做渔网呢！"凯瑟琳一边抖着自己满头的金发一边说。这时，发卡不知道何时掉了，头发就这样散披在肩上，在太阳下闪着金光。

路易说："实话实说，海克，她的头发是如此漂亮，如果真剪

了，那可真是一种罪过！"妹妹，如今没有剪刀，你压根无须为你漂亮的头发担心。"

"那太容易了，路易，你可以用猎刀剪嘛。我给你们讲一个不久之前我从爸爸那里听来的，有关英格兰第二任国王查尔斯·斯图亚特的故事吧。斯图亚特是年轻的柴沃利尔·查尔斯·爱德华的曾祖。爸爸非常喜欢柴沃利尔，因此时常提起他。"

凯瑟琳点点头说："我清楚他太多的事情了，我们先来听一听关于其曾祖的故事吧。我特别想了解，头发和刀子与查理国王有何关系。"

海克托说："耐心点儿，凯特，耐心点儿，你会清楚的。"

"唉！事情发生在一场大战之后，我忘了那次战事的名字。战斗中，议会军（有时也被称为圆颅党）将国王及其勇敢的战士们打败了，可怜的国王不得不如同一只松鸡一样钻进深山里逃命。议会军悬赏他的人头，声称不管是谁，倘若能将其杀死或将其交给克伦威尔，都会获得重赏。

"为了躲开追兵，国王不得不乔装打扮，与普通百姓一起东躲西藏。他时而藏在心腹官员家里，时而躲在橡树林子中，时而藏在磨坊里，时而藏在伐木工彭特尔家里。他被议会军士兵到处搜捕，这些士兵常常在国王可能藏身的地方活动。最终有一次，国王被他们堵在了一间屋子里，而那时，国王恰好就站在炉子旁边。"

凯瑟琳惊叫一声："啊！太可怕了。他是否被捕了？"

"没有，他有聪明的伐木工和他弟兄们的帮助呢。那时候，保王党人和英国贵族都留着长长的头发。为了躲避搜查，应伐木工和弟兄们的恳求，皇帝陛下不得不将自己的头发剃掉了。"

"将一头好头发剃掉，的确是一件让人伤心的事情。"

"国王必定也是如此认为的，不过相比于掉脑袋，掉头发还是可以接受的。我想，当时大家肯定也是如此告诉他的。由于要剃头发，他就只好将头靠在剃头桌上，而其朋友们就用大刀一点一点地为其剃发。

"我在想，在那个时刻，国王是不是想到了自己可怜的父亲。他的父亲被推上了断头台，最终头颅被砍掉了。原因就是克伦威尔及其铁石心肠的伙伴们一心要他死。"

凯瑟琳叹了一口气，说："可怜的国王！我看，做国王和王子，然后听凭恶人摆布，不如做穷人，就像我们一样，因为这样一来，我们还可以在上帝的保佑下游荡在平原上。"

路易问："海克，你爸爸从哪儿知道的这些事儿？"

"就是那位勇敢的上校的儿子。以前在苏格兰的时候，上校和年轻的查尔斯王子共同作战。他知道相当多的斯图亚特国王的故事。他对于王子十分爱戴，后来，在克劳登战役中，王子一败涂

地，没地方藏身，不得不到处逃亡。后来，王子逃往国外，指望着情形能够好转，不过，他所希望的情形始终不曾发生。上校依靠着伍尔夫将军的关系，随军去了魁北克。我爸爸当时就在其指挥的那个团里。上校是一个相当和蔼可亲的人，深受我爸爸的敬爱，他的儿子也深受我爸爸的敬爱。他们分手的时候，彼此都依依不舍。"

凯瑟琳说："好吧，海克先生，你为我们讲了如此有趣的故事，我就不会为你拿我的头发开玩笑而生气了。"

"我看这样吧，明天我们就试试运气去钓鱼。倘若钓不到，我们就做弓箭来射鹿和小猎物。不过，我们不能过于挑剔。我们为什么不像蛮荒地带的那些印第安人那样生活呢？"

海克托说："对呀，蛮荒地带的野蛮人，以及不同种类的动物和鸟儿，都以万物为自己的食物来源。那么，他的白人儿女更不用害怕什么了。"

"爸爸还讲过他做伐木工时的故事，他们有时候迷路在外面，一连几天，甚至几星期回不来。老雅各·莫莱勒和他什么都没有。他们就像印第安人那样，用鹿筋加上皮条做弓弦，自己做弓箭。有时候，打不到猎物，他们就把榆树或桦树里面的那层皮煮成糊糊吃。没有水，就喝不干净的雪水或嚼树根。最后，连鹿皮鞋都煮着吃了。"

凯瑟琳说："路易，真的呀？那味道恐怕不怎么样。"

"那种鹿皮本来就能煮成汤嘛。"海克托添了一句。

"嗨，"路易大笑起来，"要不是碰上了一头烤得半熟的熊，他们恐怕不会落到那步田地吧。"

"别胡说了，路易，熊可不像古老童话中的小羊一样，在森林里等着被人烤熟。"

"你别不信，凯特，这可是真的。老雅各亲口讲的，爸爸也没有反驳嘛。我还是再给你讲一遍吧。他们一连几天靠吃榆树和桦树皮过活，那可真不怎么好吃。一天晚上，他们又走错了路，追寻着鹿蹄印和苔藓痕迹来到一个又黑又大的沼泽。他们别无选择，只好在那里宿营。

"天不知不觉黑了，他们鼓起勇气用火石和稻草点起篝火。可惜没有枪，要是有的话，他们就不愁没有猎物吃了。路上横倒着一根空心大松树，老雅各就靠在上面，然后在树下堆了一大堆粗粗细细的树枝，还有各种干柴，点起了一堆大火。老雅各点篝火的本事可真是没话说。我想，他大概是觉得肚子饿、身上冷，需要把火点旺一点吧。火堆里尽是干燥的松木、雪松木和桦树木，噼噼啪啪地燃烧得像个松木火炬。猛然间，他听见一阵可怕的咆哮声渐渐逼近。

"'没想到有熊。'老雅各说着，四下看看，他想，熊肯定就要

从密林里蹿出来。其实，那头熊近在咫尺。刹那间，一头巨大的黑熊从燃烧的松树的一头冲了出来，向老雅各扑去。那头熊大概是躺在松树的空心里过冬呢，外面的火烘醒了它。就在这时，火苗被大风一吹卷上了黑熊毛茸茸的皮。顿时，黑熊就被裹在了火焰里。雅各看着黑熊裹在大火里，心想，这大概是撒旦来了，吓得大喊大叫。熊又疼又愤怒，咆哮声不停。爸爸看见雅各吓成那样，哈哈大笑。不过，他可没给黑熊嘲笑他的机会，趁黑熊被烧得无力反抗的当儿，抓起一根拨火的大棒，几下子就打死了黑熊。接下来的几天，他们就吃黑熊肉，还得了一张很好的黑熊皮。"

"什么？路易，皮不是都烧坏了吗？"凯瑟琳问。

"凯特，你简直是在挑刺。"路易说，"毕竟是故事嘛。"

海克托听完开心地笑起来，开玩笑地又讲起那头黑熊。见兄弟俩讲到老雅各的恐惧和黑熊的可怜时那么轻描淡写，凯瑟琳大为惊讶。她一本正经地说："男人个个是铁石心肠。"

"那倒不假，凯特。"海克托说，"如果冬天来临之前，还回不了清泉谷，我们恐怕就会沦落到像老雅各和舅舅一样了。那时有一块烤黑熊肉吃就不错了。"

"啊！"凯瑟琳浑身发抖地喊道，"那可太糟糕了。"

"好姑娘，鼓起劲来吧，在对明天感到绝望之前，先看看明天能给我们带来什么。而且，我们可不要对已有的福祉视而不见。

瞧，松鸡烤好了。现在，我们就要怀着感恩之心享用晚餐，让我们说：'整日奢华就是罪恶。'"

在户外走了整整一天，他们觉得非常饿——饥饿的流浪者们用不着客套，数量不多的那一点儿食物被分开后，很快就进了各人肚子里。

靠太阳指引方向的结果，往往是在原地转圈，晚上发现自己又回到了早晨出发的地方——森林中的行人们常说的这句话真是很有道理。凯瑟琳他们就是这样。日落时分，他们发现自己又回到了那个峡谷，又回到了中午休息过的那个巨石旁。

他们原以为，自己离那块巨石已经有几十英里远了，结果却还在这儿，他们非常失望。早先他们相互鼓励说，就要结束这次迷惘的历险了，可现在，家还是那么遥远，没有一点儿线索指引他们回归家园。不过，少年人总是充满希望，从来不会绝望，他们对自己终究能逃离险境、化险为夷深信不疑。

可怜的孩子们！他们的确需要这样一种信念来鼓励自己更加努力，因为新的考验已经来了。

月光漫山遍野洒下来，照亮了峡谷，树叶、草叶、花朵上闪动着晶亮的露珠，显得分外清新、可爱。凯瑟琳睡在谷口花岗岩旁的树枝小窝棚里，那是哥哥们为她搭建的。虽然走了一天，她还是睡不着，就走出窝棚，来到湖的西岸。岸边有一块巨石突出

来，就像一个半岛，石头边上有一棵斜生的橡树，树身上恰好能坐人，她就坐了上去。她的下方，是一条直通向湖边的大路。显然，这块平地原来是山上水流的出口，水流在山脚冲出一道窄窄的峡谷。

现在，一切都发生了变化，水早不流了，前面成了一片花岗岩床，上面长满了果树和灌木，还有青草和五颜六色的鲜花，中间杂生着高大的橡树和松树。凯瑟琳的脚下仿佛铺展着一片叶子的海洋，闪闪发亮，远处是一条银光粼粼的水流。水流在陆地中间就像一条银带，再向北就是无边无际的大森林。

凯瑟琳从来没有独自面对过这么宁静、这么美好的夜色，一种圣洁的安宁漫过她的心，泪水悄无声息地滑过脸颊落下来。周围静悄悄的，树叶一动不动。她想在这儿坐上几个钟头，边欣赏美景边想心事。

突然，从半岛一侧的一条窄缝里传来一阵沙沙的响声，缝里满是枝叶繁茂的山茱萸、野玫瑰和欧洲越橘。凯瑟琳扭头一看，一只可怕的怪兽从灌木后冲了出来。凯瑟琳一下子吓坏了，尖叫了一声，本能地跳起来，沿着峡谷陡峭的山坡冲下去，她不时撞在山茱萸上，或者碰到桦树或杨树的软枝条，有时抓着了气味芳香的软软的美洲茶树，到后来，手上满是野玫瑰的刺。为了逃命，花呀、草呀，抓着什么是什么。

　　猛然间，她踩在了一块碎花岗石上，石头一动，她身子一歪，就一头栽下了满是灌木的沟底。因为脑子里充斥着说不出的恐惧，加上脚踝又疼又无力，凯瑟琳晕了过去。沟里石头的滚动声和她的惊叫声惊动了路易和海克托，他们赶来把凯瑟琳抱回了窝棚，放在地铺上。过了一会儿，凯瑟琳苏醒了。她讲起了那只怪兽，长下巴，尖牙齿，可怕的毛皮，可能是一只狼。她记得，自己看见它的时候，它站在一棵倒下的树上，眼睛死死地盯着她。再后来，她就什么都不知道了，只觉得害怕，觉得脚下发软。

　　海克托原本打算责备凯瑟琳几句，因为她一个人乱跑，不过路易对妹妹心存怜悯，看着她可怜巴巴的样子，也无法说出任何责备的话。所幸，她仅仅是将脚踝扭伤了，不曾伤到骨头。可是凯瑟琳感觉太疼了，以致一夜都没有睡着。

　　第二天，凯瑟琳发现，自己的脚疼得无法落地，大家为此愁坏了。要知道，这纯粹是一个意外事件，不过，继续探路明显不可能了，只能待着休息，然后想办法予以治疗。他们首先想到的是将凉水洒在她红肿的伤口上，不过，眼下他们很难弄到凉水。

　　要知道，他们距离湖边足足有四分之一英里，从前看见的泉眼也不近，而且，除了一口几乎装不下什么东西的小锅，他们没有可装水的器具，而发烧的凯瑟琳始终感到口渴。可怜的凯瑟琳，可真是遭受了从没想到的罪！

少年鲁滨孙

此时，草莓正好成熟了，遍布在他们所休息的山谷和附近的小山上，形成漫山遍野的一片火红的海洋。海克托和路易忘记了疲劳，始终在采摘草莓。凯瑟琳太渴了，不过能吃到甜美的草莓，这种感觉就好不少。

路易在生活中就是点子多，此时，他灵机一动，更是想了很多的办法。先是在凯瑟琳的脚踝处放上压成浆的冰凉的水果，后来又想到，将果浆涂在光滑的又宽又嫩的橡树叶上，然后，将槭树[1]皮里的纤维条绑在凯瑟琳的脚踝上。幸运的是，相当多的槭树生长于谷口，自然不用为带子发愁。

海克托也一直在忙，他摘了一大堆草莓，接着又去山上找鸟蛋、打猎。中午的时候，他回来后公布了一个好消息——他在旁边的山谷里发现了一眼清泉，那个泉眼藏在一簇椴树和黑莓丛下。他还抓到了一只旱獭，要知道，就在旁边的小山上，分布着许多旱獭洞穴。

作为介于兔子和獾之间的一种动物，旱獭长着大大的、又黑又圆的眼睛，小耳朵，三瓣嘴，后脚底秃，爪子尖，颜色和小兔子相似，爬树的样子和浣熊相似，洞穴和兔子的窝相似，主要以

---

1 作者原注：槭树，又称美洲欧瑞香，一种沼泽灌木，原名DIRKA，希腊文，意思是泉水或井，因为该树经常生长在这些地方。

048

草、庄稼和野果为食。

旱獭的肉是白色的，脂肪相当多，夏天能发出臭味。秋天的时候，印第安人或者伐木工经常追捕它们，不过，旱獭的毛皮却很便宜。它善于爬树，可是猎狗却总能抓住它；它有时待在对手抓不到的地方迷惑敌人。尽管其牙齿尖利，不过，仅用一块石头或一根棍子，你就能捕获它。

旱獭肉烧熟后，三个人饱餐了一顿。海克托相当高兴地告诉大家，此后无须为挨饿而担心，找到旱獭可谓相当容易。他们在清泉谷的时候就看到过旱獭，不过它们常常在干燥、宽广的平原地区出没，在密林中反而要少一些。

海克托看着小锅说："要是能有一个大点儿的锅打水就好了。由泉眼到这儿，一路上道路崎岖不平，长着一丛丛野藤野蔓，打一次水相当难。倘若家里的那个大树皮桶在，一次就能装很多水。"

路易说："我发现，有一棵倒在地上的桦树离这里很近，我有刀子，可以做一个装水的家伙。你觉得做一个能装一加仑水的树皮桶如何？"

凯瑟琳问："那要如何缝起来？路易，要知道，我们一没有鹿筋，二没有松根（印第安人用于制造水桶或独木舟时所用的落叶松或沼泽落叶松的须根）。"

路易指着槭树的纤维条——就是用来给凯瑟琳的脚踝绑药的枝条，说："可以用它嘛。"

路易的头脑中一旦产生想法，就要迫不及待地去实践，直到获得成功为止。所以他马上就行动起来，到凯瑟琳看见野兽的地方将桦树皮剥下来。三个人给那个地方起名为"狼岩"。

银色的树皮外层在风吹日晒后变得十分粗糙，路易将其剥掉，然后细心地将内层树皮裁好，再折叠起来，最后用针线紧紧地缝起来。由于是第一次做，水桶的样子相当难看，不过完全可以盛水。不过，由于路易的粗心大意，桶底的一角有点儿漏水，他不得不为那里加了个补丁，就这样，一只相当棒的水桶就做好了。

虽然水桶存在着这样或那样的缺陷，不过对于这件作品，大家还是相当钦佩的，尤其是凯瑟琳，看着那个做好的树皮水桶，她差不多连自己的伤痛都忘记了。

看到水桶做好了，路易本人也相当高兴，于是马上就想去打水。他兴高采烈地站起身来说："凯瑟琳，这回我们有水喝了，也不用发愁往脚踝上洒水的问题了。"说着，他就往陡坡上走。冷静的海克托将其劝住，声称他也许无法找到所谓的"荒野甘泉"，而且搞不好还会迷路。

路易建议："那么我们就一起去吧。"听了这话，凯瑟琳看了哥哥一眼。

　　然后她苦苦哀求说："亲爱的路易、海克托，千万不要让我一个人待在这里。"听到凯瑟琳的话，路易的脚步停了下来，然后对海克托说："你知道路，那么你一个人去吧。我不能将凯特一个人留在这里，事情完全因我而起，在将她送到姑妈的怀抱之前，我会始终陪着她，和她同喜同悲。"

　　听了这番话，凯瑟琳赶紧将泪水抹去，暗自埋怨自己胆子太小了。然后她说："不过你也知道，路易，我完全没法控制自己，我被那头恶狼吓破胆了。"

　　不一会儿的工夫，海克托就回来了。那只树皮桶很好用，若再处理一下就更棒了。打来的水相当清凉。在打水的时候，海克托还将泉眼清了清，在其旁边砌上了石头。此时，他形象地将泉眼附近的风景描述出来。泉眼旁边的那个山谷既深且宽，而且深不见底，高大的橡树生长在山谷的周围。

　　站在谷边的岩石上望去，山风浩荡，吹得其下的树如同大海的波涛一样翻腾起伏，那景象非常壮观！白色的、灰色的、不同样子的、成双成对杂生的野豌豆花点缀着青绿的草丛。还有如同"旋花"一样美丽的白美人花。此外，无数绯红色的肉杯菌生于鲜红的玫瑰丛里。谷底是巨大的花岗岩石，其上满布着苔藓。谷口外是一片开阔地，和巨岩谷差不多。

　　几个孩子从小就对大自然充满了热爱之情。小时候，爸爸就

经常绘声绘色地将自己的故乡苏格兰高地的美景描述给孩子们听。他所描述的原始高原常常让海克托和妹妹听得入迷，在无形中培养了他们对大自然的热爱。

虽然他们的家庭环境相当封闭，而且几个人又不曾念过书，不过，孩子们不但不粗俗，也不野蛮，反而身上多了天真纯朴、热情善良的特性。几个孩子尽管不曾得到正式的书本教育，却从生活中学到了很多有用的实践知识。

连着好几天，凯瑟琳因为发烧和脚踝疼，不能走出巨岩谷一步。随着附近熟透的草莓越来越少，而且他们连续数天不曾抓到一只旱獭、松鸡甚至是松鼠，三个人不得不经常挨饿。同时，由于一直是在户外活动，孩子们就更容易饿。当然，眼前那个波光粼粼、一望无际的大湖为他们提供了取之不尽的食物。然而，他们仅仅是听亲爱的父亲讲过怎样钓鱼、叉鱼、捕鱼，那只是耍嘴皮子而已。

"爸爸说过，湖里、河里的鱼不但数量多，而且胆子大，不管是用小木叉、粗线，甚至用手都可以将它们抓住，不过那是在下省[1]。啊！一想到举着火把叉鱼的故事，我就相当神往啊！"

海克托说："这个湖里的鱼应该相当聪明，而且数量应该很少

1　即下加拿大，加拿大成为英国殖民地后，中部地区按圣劳伦斯河流向分为两个部分，圣劳伦斯河上游地区为上加拿大，也就是如今的安大略省；圣劳伦斯河下游地区为下加拿大，也就是现在的魁北克省。

吧。不过，倘若凯特可以忍着点儿疼走到湖边，我们还可以碰碰运气。更重要的是，我们现在不但没有鱼钩，而且没有鱼线，如何做呢？"

路易点点头，坐到一棵小橡树根上，从大衣袋里仔细地翻出一小块铁片。他拿着铁片，仔细端详着说："看，这是那天我从妹妹扔掉的垃圾里拣回来的一个火药桶的边子。"

海克托说："那东西没用，倘若是一节骨头就好了。如果再加上一把锉刀，那就可以派上大用场。"

"别着急，海克托先生，看看这是什么？"路易一边说着，一边得意地将一把锉刀拿出来。尽管锉刀上锈迹斑斑，甚至还断了一节，不过，对年轻的法裔加拿大人来说，它可是万能的。"凯特，我十分清楚地记得，几个月前，我将这把锉刀捡起来的时候，还遭到了你和马蒂尔德的嘲笑。唉！路易啊！路易啊！"他一边叫着自己的名字一边说，"那时你可不清楚它的用途。人年轻的时候可真的预料不到将会发生何事。"

"走吧，去湖边吧。"说着，凯瑟琳站起身，不过还没站稳就跌倒了。她可怜兮兮地看着路易和海克托说："天啊！我究竟怎么啦？我一步路都走不了了，竟然成了一个没用的累赘。如果我被你们丢在这儿，肯定会被野兽吃了的，可是要去找食物，又不能将我带上。"

　　"好妹妹，快擦干眼泪，我们自然会将你带走，怎么会让你饿死渴死，喂狼喂熊呢？你认为海克托和路易能做那种事吗？来，让我们两人轮流背着你走。此地不远的地方就是湖边，你又很轻。看，我都可以抱着你跳舞，你真是太轻了。"路易说着，高兴地将妹妹抱起，然后快步踏上弯弯曲曲的林中小路，向湖边走去。

　　他走到一个风景秀丽的圆土堆前（就是现在的狼塔），他将妹妹放在一棵大橡树下的石头上，然后自己一屁股坐在旁边，深深地呼出一口气。三个人在草丛里摘了数枚野果充饥，以增强自己的体能。

　　当三人在被凯瑟琳称作"小精灵"的小山上休息的时候，路易用刀子和锉刀，将那根小铁片弯成了一个十分不错的鱼钩。就像前文所说的那样，路易喜欢收集类似绳头一样的小零碎，就像任何一个男孩子一样。

　　这时，他在衣袋里翻找出一点儿绳子，然后将其拴在鱼钩上。海克托找来一根小树，将其做成鱼竿。当这些都准备好后，他们二人就轮流搀着一瘸一拐的凯瑟琳来到了湖边。一大簇雪松和桦树生长于湖边，其下是丛生的藤蔓，相当凉快，真是一个天然的栖息地。

　　一眼清泉涌现于堤岸上的树根和苔藓中，泉水流到湖边的鹅卵石中间慢慢聚起来，凯瑟琳就在大树下休息。坐在此地，她可以在休息的同时，不时将脚泡在泉水里，让泉水从脚下流过，还可以看到海克托和路易钓鱼。

没事儿的时候，钓鱼仅仅是一种消遣，可是一旦它的目的是为了填饱肚子的时候，那乐趣就无形中增大了。湖边的阳光是那么灿烂，飞着、跳着的蚱蜢和蟋蟀是最好的鱼饵。海克托和路易将鱼钩刚扔到水里，就有鱼儿咬钩了。湖里没有针骨鱼，当然也不存在一般此类水域常见的鲤鱼，而是太阳鱼，因此，太阳鱼就成了他们主要的战果。兄弟二人不停地将一条条鱼扔到凯瑟琳的脚下，那些鱼不时地闪着金色或蓝色的光。

看到鱼已经钓到足够多了，海克托和路易就回到谷中，将鱼鳞刮掉，把内脏挖出，他们做起这样的活儿相当顺畅。此时，火也生好了。接着，两个人就用一个弯弯的树杈将鱼挂起来，开始动手烤鱼。鱼肉很容易烤熟，没用多久就好了。

看着诱人的烤鱼，凯瑟琳说："必须得相信，上帝于此荒野中，为我们置办了一桌丰盛的宴席哩！"在她的眼中，如此美味的宴席就是一种神迹。

他们早就听说了捕鱼的方法，此前在清泉谷时却始终不曾有机会去实践。这天早上，他们竟然用如此简单的工具钓到了这么多的鱼，这可真是老天爷给予的帮助。

凯瑟琳坐在树荫里，倾听着流水的哗哗声，倾听着五颜六色

的虫子在花草中发出的鸣叫声，对上天的感激充满其心中。于是，满怀着圣洁的平静，她将双手交叉在胸前，真诚地祈祷着。

太阳慢慢地躲到湖对岸黑黝黝的松林后面去了，海克托和路易两人积累好次日的一些鱼（次日是安息日）。两个人将用柳条穿起来的鱼提回来时，凯瑟琳已经睡着了。路易看凯瑟琳睡得很香，没打算把她叫醒。不过细心的海克托则认为睡在水边的露水中相当不安全。他说："再说，我们还要走相当长的一段路，要知道，斧子和桦树皮桶还放在山谷里呢。"

对于他们而言，斧子和水桶差不多是全部的家当，绝对不可以失去。于是，他们将凯瑟琳叫醒，沿着早晨的来路，慢慢往回走。早晨来的时候，海克托就在沿路用折断山茱萸树树梢的方式做了标记。于是，依靠着这些标记，他们就可以找到回去的路。就这样，他们慢慢地向着山谷里岩石边的窝棚走去。

因为随身带着为数众多的鱼儿，还要妥善照顾凯瑟琳，因此，他们走得相当慢。等夕阳的余晖隐没了，阴暗将树叶丛生的山谷笼罩时，他们还走在峡谷里。此时，脚下的小路也看不太清楚了。

一片死寂将小路笼罩着，两边的树投下千奇百怪、时长时短的影子，三个可怜的孩子心中充满了无法言说的恐惧之情。如同大多数孤独惯了的人们一样，他们不由得想起各种可怕的神怪故事。此刻的情况是必然的，四周相当荒凉，而且远离亲人，无人保护，更无人对其予以鼓励，他们甚至会被微风吹过枝叶的声音吓一跳。

每逢阳光明媚的时候，爱说爱笑的路易就如同一只小鸟一样叽叽喳喳地叫着，不过一旦傍晚到来，他就特别容易受到惊吓。不论何种响动或冒出何物，他都会被吓一跳，虽然马上他就因为自己的软弱而自嘲。而海克托因为想起了从前他们围着火堆倾听爸爸讲述的荒野故事，于是，沉重和肃穆的感情充满了内心。

不过，说起来也相当奇怪，对于少年而言，这类故事永远充满了魅力，不管故事多么离奇，无论讲过了多少遍，每次听者都充满了相同的热情，产生相同的兴致，似乎那种魅力会因为重复讲述的次数而增长似的。

就这样，海克托边走边把已经听过无数遍的苏格兰高原故事讲给大家听，两个听众心怀敬畏地听着，在故事的停顿处，可以清晰地听到喘气声、努力抑制的发抖声。此刻，三个人不敢再向前行，因为看不到路标了，所以，他们犹豫不定地停了下来。月亮还不曾完全升起来，月光是如此蒙胧。三个人于是坐在道边，静等着月亮升起，这样才敢继续前行。

凯瑟琳太累了，路易给她打气，声称距离"大石头"已经很近了，海克托则对此相当担心。在三个人的心目中，那个山谷、那簇石头，那块他们曾过了几夜的土地，就如同一个家一样。月

亮升起来了，将峥嵘的大石头的轮廓照得相当清楚。显而易见，
他们与大石头之间的距离比预想的还要近。

路易高喊着说："出发，目标是大石头窝棚！"

凯瑟琳指着旁边，低声说："嘘！你们看那儿。"

"哪儿？什么？"

"狼！狼！"可怜的姑娘吓得喘不过气来了。没错，一只哨兵
似的狼就蹲在前面的一块岩石上。狼发出一声长嚎，那尖厉的叫
声在大地和树木之间回响的同时，也让他们的心里充满了恐惧。
几个人屏住呼吸，双眼紧盯着狼。

那只狼将头昂起，脖子向前伸着，静止不动。它的双耳直竖
着，似乎在倾听自己号叫的回声。过了一会儿，它从岩石上跳下
来走了。接着，一阵树枝被碰断的声音，同时还掺杂着动物的跑
动声由堤岸上传来。那是濒临死亡的小羊或小鹿吧。时不时地，
几声凄厉的尖叫声由湖岸和远处的小岛上传来。三个孩子吓坏了，
紧紧地抱成一团，全身发抖。

几分钟后，宁静重新回到了树林。狼走远了，或许跑到远山
上去了。月光将玫瑰花上的露水照得闪光，寂静将小小的山谷笼
罩着。四周还是那么安宁，景致还是那么美丽，可三个刚刚处于
恐惧中的孩子还心有余悸。似乎每片树荫后面都存在着危险，就
连树叶的沙沙声也能将他们吓坏。他们真的就像老雅各一样感叹

说："这地方真是让人恐惧！"

三个人静坐在树荫下，手牵着手。因为害怕狼会回来，没有一个人敢再向前走。就这样，他们坚持着，每个人都不想独自清醒着，都害怕看见狼。最终，他们熬不住了，于是，在不知不觉中进入了梦乡，梦到回到家中与亲爱的家人团聚。

一觉醒来，丝丝缕缕的阳光从树木的缝隙间射下来，鸟雀发出叽叽喳喳的叫声，他们被风吹树叶的声音拉回了现实，也让他们重新回到了孤寂与失落中。这一整天，他们都不曾走远。到了傍晚的时候，他们小心地点燃了大火堆，为了驱走来往的危险的野兽。

他们的食物充足，因为在此之前他们抓到了足够多的鱼。此时，黑莓也熟了，数量多到采不完。欧洲越橘也很多，甘甜爽口，营养丰富。

第 3 章

林中家园

　　两周后，凯瑟琳的脚踝还在疼，而且始终发着烧，压根无法走路。海克托和路易不得不将她扶到湖边，让她靠着树休息，而他们则去打鱼。三个人仍旧对回家充满了渴望，可怜的凯瑟琳常常一下子爬起来，绞着手抽泣，不停地呼唤父母。

　　倘若父母可以听到孩子们的呼唤，即使只有一声，他们想必也愿用全世界来交换。凯瑟琳很长时间都没有为了安慰父母伤痛的心而说悄悄话了，希望呼唤声可以在这三个少年走过的小路上回荡，以此对父母的心加以宽慰。

　　路易·佩洪是最痛苦、最令人同情的人。每当凯瑟琳陷入痛苦的时候，他就特别懊悔。他经常说："倘若不是我，我们一定不会迷路，要知道，海克托从来都是做事谨慎的，一定不会离开牛群走那条大路。我真是太粗心大意了，只知道贪玩，竟然将路记错了。"路易·佩洪呀，他还不明白，实际上，这就是生活！

　　少年人因为过度关注欢乐，只顾贪图追花逐朵、贪玩冒进，而将严肃的忠告忘得一干二净，最终步入困境，从而不得不面对不可胜数的困难，使自己深陷痛苦之中。有时候，这种行为不但会令自己受害，也会危害周围的人。

　　路易专心地照顾着凯瑟琳，只想减轻其内心的痛苦。尽管其本人也心情沉重，不过还是假装欢乐来照料着表妹。

　　他有时会说："倘若不是对爸爸妈妈、弟弟妹妹太过思念，我们就可以在如此迷人的平原上始终快乐地生活下去。相比于黑沉沉的密林，这儿真是太好了，这里阳光明媚、瓜果飘香、鲜花盛开。在这里打猎、捕鱼都让人非常愉快。唉！倘若爸妈和弟妹们都在这儿，我们就可以将此处的树林砍倒，清理出一块可以用来盖几间木屋的地方。你们瞧，将几棵这样高大的橡树砍倒，还可以用它们做小船，这样就可以划到远方的岛上去。妹妹，你觉得好不好？"

凯瑟琳静静地听着，微笑着，不自觉中竟然高兴起来，说："啊！路易，那样一定很好。"

海克托说："倘若爸爸的猎枪在这儿，或者猎狗乌尔夫在这儿的话就好了。"

路易说："太好了，让范切特也来，可爱的范切特，当然还要有大树、松鸡和黑雀。"

海克托说："今天早晨天亮的时候，我看见两只小鹿，它们对人丝毫不畏惧，倘若当时有一根棍子，我就可以将它们打倒。它们和我相距还不足十英尺，只要挖个陷阱就可以抓住它。"

凯瑟琳说："倘若有一只可爱的小鹿来陪我玩，我就不孤单了。"

"妹妹，倘若能抓只小鹿，我们也就有肉吃了。"

"海克，你认为呢？"

"路易，我在想，如果我们一直留在此处，那就不能总是这样

处在露天里，我们必须盖个屋子。要知道，夏天一过，雨季就会
到来，我们必须严防未来可能到来的严霜和大雪。"

路易说："可是，海克，你认为我们当真没法回到清泉谷了
吗？清泉谷一定就在这个大湖后面。"

"那倒是，可是我们根本不知道应该往哪儿走，无论走哪条路
都不过是碰运气罢了。要是万一离开这里，在阴森森的森林深处
迷了路，再没有水喝，没有野果吃，而且没猎物可捕捉，我们只
有饿死了，那就完蛋了。万幸啊！我们来到了这个盛产水果的平
原上，这个满是鱼儿的大湖边。"

海克托说："还好我出门的时候带上了斧子，如果没有斧子，
我们的日子可赶不上现在。如果想盖屋子，它还可以发挥巨大的
作用。再说，我们还必须找到一个有好泉水的地方。还有——"

凯瑟琳插话说："可千万不要再有恶狼了，这地方挺好，不过
我还是不想在此地久留了。昨晚，你和路易睡着后，我又听到狼
的嗥叫了。"

"晚上要注意保持篝火。"

凯瑟琳低头看了看自己身上家织的格子呢外衣问："还有，穿
的该怎么办呢？"

海克托叹了口气说："这的确是一个大问题，冬天马上就到
了，我们身上的衣服都破了，我们一定要想个办法。"

路易建议说："不妨将打来的獾皮和松鼠皮攒起来，当然，也要留着小鹿皮。"

海克托插话说："没错，鹿皮可以用，有太多的时间想这些事，不过不可以放弃回家的努力。"

凯瑟琳说："放弃回家？除非我死了，我永不放弃，亲爱的爸爸一定不曾将自己的孩子们忘记，无论死活，他一定还在寻找我们，一定不会抛弃我们。"

可怜的孩子，在他们纯朴的心灵里，这种如同火炬一般的希望燃烧得是那么持久！在群山之中跋涉的时候，他们的眼睛无数次地向幽深的山谷、密林注视，渴望着投入前来寻找自己的父母的怀抱中，不过，却总是失望而归。

凯瑟琳常常双手捧着花朵，就如同她经常说的那样，想拿回去送给妈妈和病中的路易斯。可怜的凯瑟琳，花环无数次枯萎，她又无数次用泪水浇灌它们，因为泪水可以让绝望变成希望。

每天早晨，开始一段新的行程之时，他们常常说："今天就会见到爸爸了，他一定会将我们带回家。"可是，天黑了，爸爸们并不曾到来，他们也没能离家更近一些。

海克托说："倘若能回到寒谷，我们或许就可以回到清泉谷。"

路易说："寒谷与我们的老家清泉谷在不同的路上。寒谷位于山狸草原地势猛然升高的地方。如果我们沿着寒谷走，最终会遇

到雪松沼泽、野兽，还或许会走到密松林深处。在我看来，我们如今与清泉谷的距离少说也有五十英里。"

在森林里迷路的人经常犯此类错误——如果不是看到太阳的起落，他们并不清楚距离的远近，也不清楚方向。然而，在密林里，差不多也见不到太阳的起落，于是，他们不得不依据时间来衡量距离。

孩子们明白，自己离开家的时间不短了。四处漂泊了这么长时间后，他们认为走得已经相当远了。走在路上，他们反而可以看到太阳的起落，然而他们不清楚家乡的方向，不清楚理应走哪一条路，不清楚如何节省时间且避开危险，从而寻找安全度日之所，找到如今、将来都衣食丰足的地方。

凯瑟琳声称自己的脚踝好多了，身体也恢复了。于是，在那天的谈话之后，三个人告别了"巨岩谷"，登上堤岸，向着大湖右岸的东面出发。海克托走在前面，其家当由他负责，那是只有他本人拿着才放心的斧子、小锅、桦树皮桶；路易则跟在后面，随身携带着早晨打的鱼，同时负责照顾走在中间的表妹。

他们原打算始终沿着湖边走，不过走了一段路程后，真的走不动了。湖边的灌木相当繁密，走起来很是累人。

海克托建议往高处走。于是三个人就走过一条横跨峡谷的羊肠小道，然后眼前一亮。在他们面前的是一大片开阔地，其上长满黑、白橡树，中间稀疏地长着几棵松树。那松树每棵都挺拔笔直，如同鹤立鸡群一般。一只小秃鹰落在树上，沉静地看着银色的、点缀着星星点点的绿色的湖面。

一路上，他们经过了相当多的山谷口，它们将高高的湖岸切割成数道沟壑。原本在山谷的上面有一个小湖（现在已经干涸了），小湖里的水沿着沟渠流下后汇成了现在的莱斯湖。流水一直在冲刷，山顶和平原上散布着被河水冲下来的花岗石和石灰石，谷底就形成了这样的一条石子路。试想，最初那陡峭的堤岸上大水四溢、滚滚而下的时候，必定是非常荒凉壮观的景象啊！

现在的人们若将目光重新移到此处，看到的就是成片的树木、成片的房屋、泛着金光的庄稼地和果实累累的果园。现代人处在这种平和气象里安居乐业，又怎么可能有人想到，在洪荒远古时，这里是洪水泛滥的河床。

很容易就能发现，可爱的湖上小岛是山谷留下的痕迹，它们每个都如同王冠一样。土都被水冲走了，仅将一些石头留下，这些石头挺出水面形成岛屿。在湖上放眼远望，南岸是一列山岭，南北走向，其中一节沿着湖岸伸展开来，或许奔流的洪水正是被这些高大的山岭挡住了，而水流在通过山谷后就流进了莱斯湖。

湖边是一块块平展的土地，一两株橡树或雄伟的松树在其上生长着。一般情况下，这些地方被人们称为"上莱斯道"。小块

地则组合成一块比湖面高约三百英尺的平地，它四周被小山环抱着。昔日的一片汪洋变成了而今的草木丰茂、鲜花盛开。向东则是一块比"上莱斯道"更低的平地，四周都是群山。两块小高地之间形成通向莱斯湖的沟壑，从前，水就是从此处的沟渠流入莱斯湖的。

或许，在远古的时候，湖水因大地的运动而突然被抬高，堤岸在这里断裂，河床也就成了现在的可耕地。六月，这里就如同有人专门照看过一样，盛开着扁萼花，天蓝色的羽扇豆、雪白的延龄草、玫瑰花也竞相开放，香气袭人。

早春的时候，一层毛茸茸的虎耳草花铺展在大地上，这种植物的叶子如同白丝。夏天，地上或是红艳艳的草莓果，或是叶子如同小黑盒子的常青爬藤，这种植物被印第安人称为菱叶番樱桃，它的叶子好闻、好吃，而且可以作药材用。七月，羽扇豆和延龄草花逐渐开败了，头巾百合却开始争奇斗艳。这种花色彩缤纷，颜色由橘红到大红都有。紧接着太阳花和金鸡菊盛开，还有香气扑鼻、样子漂亮的鹿蹄草。随后，淡雅的丁香、白色的蓬草、深蓝色的欧龙胆也依次盛开。

这片土地被这些美丽的花朵点缀着，这座他们看见的花园真是大自然的杰作！而后来，千顷良田取代了从前绿色的原野，鲜花已经消失，蔬菜正在蓬勃生长。谷物的花朵尽管不如鲜花漂亮，不过对人和动物来说却十分有好处。

天黑的时候，他们走过美丽的高地平原，到达了一个漂亮的山谷口[1]。在山谷里面，他们看到了几块被水冲成黑色的花岗石，其下面流出一股清泉。青绿的青苔布满了花岗石，甚至连清泉边上也有，开花的小灌木和野果散生于谷底、山坡上、峭壁上，大多数是人们常说的欧洲越橘、黑果，还有一些越橘已经熟透了，用手一碰就会掉下来。

低矮的灌木和小树上缠绕着藤蔓，其上都是一串一串的浆果，不过都还是生的，因此又绿又硬。低矮的欧洲榛生长在干燥的沙石坡上，榛子被带刺的花萼包住，那小小的刺如同荨麻一样会蜇人。

海克托他们早就无所顾忌了，对他们而言，成熟的榛子可是又甜又好吃的。盾叶鬼臼生长在山谷里湿润一点儿的地方，其果实大得出奇，不过不能吃，需要等到八月才行呢。野李子也没成熟，不过，野草莓和黑莓恰好都成熟了。

斜坡上，还有非常多的獾洞，密密匝匝的蓝莓和美洲多花狗木[2]生长在朝着大湖的谷口，下面不时有鹌鹑和松鸡蹿出来。大家

---

1 作者原注：松树台之上的吉尔伯特山谷。

2 作者原注：生绢毛叶片的多花狗木，这种灌木莱斯湖区很多。果实为蓝莓，一般是松鸡和野鸭的食物；鸽子和其他鸟也吃。

都认为这里很好，于是，他们当夜就在此宿营，并决定在未找到合适的冬季营地之前，暂将此地作为营地。

三个人在谷口依着小山盖了一个夏季用的篷屋，形状如同印第安人盖的那种。天气尽管暖和了，不过，搭建一个这样的篷屋还是必须的。谷口外，是一片茫茫的烟雾。令人庆幸的是，他们不曾受到雾气的影响。

一连数天，天气又热又闷，尽管从早晨九点左右到下午四五点始终吹着和煦的微风，不过没多大作用。海克托和路易到湖边钓鱼去了，凯瑟琳就在泉眼边忙活着，将树叶、蔗草、干苔藓和水蕨收拾好，以便在小屋里铺一层厚实的"地毯"。

海克托和路易声称，要在湖边砍一些嫩雪松枝，为的是搭床架子，还准备如印第安人一般，将一层干苔藓铺在地上。这种地毯不由使他们想到了英国王宫里撒的灯芯草，以及那一首古老的歌谣：

啊！回想好王后贝莎的盛世，

那时，灯芯草铺在地上，

那时，家门都无须上锁——

年轻的读者，千万不要对此种近乎粗鄙的想象加以嘲笑，这些可怜的密林流浪儿对于富人们享受的奢侈一点儿也不清楚。他们只是认为，铺在地上的雪松枝和铁杉枝又香又软，与从波斯或土耳其买来的地毯相比也毫不逊色。这真的是一种无知的幸福。

在他们看来，铺在用树枝支起来的床铺上的新采的草和树叶，就如同羽绒一样软，而粗糙的树皮和木柱搭成的屋墙，就如同花缎子一样美丽。

收拾了一会儿，凯瑟琳认为，收拾的东西对铺床、盖屋子来说足够用了，于是，就捡了些干橡树枝，将它们堆了好几堆，准备用于晚上点篝火。忙活了好一会儿，她感到又热又累，于是，就坐在茅屋边杨树下堆着的柴堆上休息一会儿。

头顶上，杨树叶子抖动着，发出啪啪的响声，扇起来的凉风让她热烘烘的脸感觉舒服极了。凯瑟琳和妹妹路易斯都喜欢杨树这种世界上最快乐的树，纵然其他的树丝毫不动，杨树叶子却始终跳呀跳的。

天边，乌云翻滚，重重地压在湖北岸的松林上，如同系上了一条腰带。凯瑟琳看着天边，思绪不由自主地飘向了远方。在恍惚中，她似乎看见了家乡屋前的圣水钵。圣水钵清清楚楚地摆在那儿，就如同她刚放在那里一样，大大的纺车轮还如同从前一样，静静地立着。染好的线从椽子上直挂下来，抽好的棉线装了满满的一篮子。

她似乎又看见了像运动员一样健壮的爸爸：他那晒得黑黑的脸，打着卷的褐色头发，一双清澈快活的褐色眼睛。对她而言，那双眼睛就是那样慈祥、充满爱意地看着她；而她作为爸爸的宝

贝，在纺车前四处走动[1]。还有妈妈，轻手轻脚地在院子里走动，时不时地用甜美的嗓子哼上几句小曲。小邓肯和凯尼斯或者在挤牛奶，或者在劈柴。

如同魔灯一样，家里的事情一幕一幕闪过她的脑际，她将头慢慢地垂下去，最后，靠在胳膊上。她急忙抬头向四下看了看，然后又低下头了。她的脸深埋于胸前，很快就睡着了。

蒙眬中，她似乎听见一阵急促的脚步声，此外，还有吼叫声和喘息声。凯瑟琳发出一声尖叫，然后跳了起来：她梦到狼咬了自己，喉咙被狼爪子攫住，就要被狼掐死了。她赶紧把惺忪的眼睛睁开，这难道是真的？

没错，是猎狗乌尔夫！眼前并非每天都会梦见的恶狼，而是爸爸的勇敢、忠实的猎狗乌尔夫！凯瑟琳高兴得要跳起来，想一想吧，乌尔夫把多大的希望带给了自己！她一把将乌尔夫毛茸茸的脖子抱住，大哭了一场。

她高兴地喊起来："是的，我就要看见爸爸了，最最亲爱的爸爸！哦，爸爸！您的孩子在这儿。来吧！快来吧！"她连忙跑到谷口，放声大喊起来。她确定，爸爸一旦听见声音就会赶来的。

可怜的孩子呀！山谷里飘着她急切的呼唤声，恶作剧般无数

1　作者原注：用大纺车纺线，人得走来走去。以前英国人使用这种纺车，如今已经绝迹。

次地回响着，"快来吧！"

她有点儿惶惑，静下来听了一会儿，又喊道，"爸爸，快来吧！"接着，令人恍惚的回音又一次传来，"快来吧。"

忠实的乌尔夫将小主人找到了。此刻，小主人在喊老主人，它将头昂起来，将耳朵竖起来仔细听着。不过，它并不像平时那样，听见脚步声就惊喜地叫着，对老主人表示欢迎。就算这样，凯瑟琳还是认定，乌尔夫是先来的，爸爸随后就会来到。

海克托和路易听见凯瑟琳的喊声，担心有野兽蹿到小木屋那儿，于是马上收起鱼线，向木屋跑来。当他们看见乌尔夫时，都无法相信自己的眼睛。这条用魁北克英雄的名字命名的狗，自小就是他们两家最忠实的朋友，也是他们最亲切的伙伴。他们也如同凯瑟琳一样，认为爸爸们就在附近。

于是，他们也一起爬上小山，发出大声的呼唤。他们哄着、爱抚着乌尔夫，想让它为自己指一条路，结果没用。乌尔夫明显累坏了，趴在火堆的余火前压根不想动一下。它瘦得相当可怕，明显是挨了许多天饿了。凯瑟琳见它始终盯着泉水，就赶忙为它盛了一桶水，结果它一口气就喝完了。

实际上，乌尔夫已经和老主人出来好几天了。老主人一直在念叨说："丢了，丢了，丢了！"这是每当有牛群走散时他的口头语。平时，乌尔夫在收到指令后就会到处寻找，直到将走散的

牛都找到。那天晚上，老主人疲累不堪地回到愁云笼罩的家里，双手绞着，坐着打盹，嘴里无意识地念叨着："丢了，丢了，丢了！"于乌尔夫来说，这念叨就是一道命令。

于是，它站起来，呜呜叫着走到门边，老主人也机械地站起来，将门闩拉开，嘴里还不住地念叨着那句话。忠实的乌尔夫听到了，就此一头扎入了黑黝黝的密林。它一直不曾离开密林中的小道，靠着一种神秘力量的指引，于密林中沿着流浪的孩子留下的痕迹寻找着。

有几次，它差点儿迷失在山狸草原和寒谷，不过，最后还是循着气息追到了"巨岩谷"。凭着猎犬的敏锐反应，经过艰难的跋涉，它终于将年轻的主人们找到了。

大家因为乌尔夫的从天而降高兴坏了。看着将头枕在凯瑟琳膝头的家伙，大家有太多的问题要问！凯瑟琳尽管认为相当好笑，不过，还是忍不住和乌尔夫絮絮叨叨地说起话来，似乎乌尔夫完全可以听懂一样。

啊！乌尔夫，整日想家的小主人是多么迫切地想弄清楚你究竟想说什么呀！它的目光相当复杂，难以读懂，毛茸茸的尾巴不停地摇动着：一会儿拍在地上，一会儿摆来摆去。它温顺地舔着女主人的手，神情凄然地看着她，似乎在告诉女主人："亲爱的小主人，我明白你的难处，我也能明白你说的话，可我无法回答你！"

在狗的内心里的那种动人的力量，会让铁石心肠的人都被感动。我听说过这样一件事：有一个罪犯可以无视亲人的呼唤、牧师的劝诫，可是，却被一只狗打动了，那只狗是他清白时候的伙伴。罪犯在临刑前，那只狗钻过人群，将爪子搭在绞架上，默默地、痛苦地、充满柔情地看着他，罪犯感情的闸门轰然打开了——他潸然泪下，那是他自童年幸福时光之后第一次流泪。

傍晚时分，下了一场暴风雨。墨黑的天空被一道道刺眼的闪电划过，远远近近的一草一木被闪电照得清清楚楚。谷口外，翻滚的大湖闪着光，就如同沸腾的水锅。幽深狭长的峡谷位于林木繁茂的群山后面，此时，在闪电里显得异常荒凉、迷茫。

树林里听不到一丝动静，密匝匝的树叶纹丝不动。就连最敏感的杨树叶子也安静下来，大自然的脉搏似乎静止了。每声炸雷之前的隆隆雷声，如同垂死的人在呻吟。篝火烧得相当旺，大家沉默地坐在茅屋前，充满敬畏之心地张望着外面。屋前有一道灌木墙，这让他们感觉自己十分安全。

墙外，暴风雨正在山谷上空肆虐。天上乌云滚滚，山谷里传出轰隆隆的雷声，大风把树枝刮断，碎枝残叶在大风里尖叫着、呻吟着四处乱飞。

显而易见，有狼在远处湖边的雪松沼泽里，间或一声凄厉的号叫被风吹来，让人感到心惊胆战。他们静静地倾听着头顶传来

的一声声炸雷，内心充满了敬畏。

此时，暴风雨越来越猛烈了，冰雹和大雨铺天盖地泼在树叶上。风将铁灰色的细树枝吹得上下摆动，粗硬的树枝被吹断了，如同草末一样到处乱飞。孩子们对自己并不担心，但是无法不担心父亲，他们认为，自己的爸爸就在附近。他们似乎能听到，有人在大风里呼唤着他们的名字。"倘若爸爸他们不在附近，乌尔夫必定不会到来。"

"如果爸爸出了意外，"凯瑟琳哭着说，"如果为了找我们，爸爸被饿死……"凯瑟琳捂着脸失声痛哭。

路易非常不愿意听这类话。对他来说，父辈们都勇敢坚强，经历了无数的大风大浪，他们可以将自己照顾好。而且，爸爸必定清楚，他们就在附近，仅仅由于暴风雨的阻隔而暂时无法与他们碰面。

"妹妹，明天一定会是一个大晴天，一定会是一个好日子。我们带着乌尔夫，乌尔夫一定会将它的老主人找到。那时——啊！那时！而且，我还相信，你我二人的爸爸肯定在一起。他们俩用不了多久就能找到我们的痕迹，我们用不了多久就可以看见妈妈和小路易斯啦！"

半夜时分，暴风雨才慢慢停息，可怜的流浪者们看见黑云一点点消散，真是高兴极了。星星一个个眨着眼，从云层后面钻了出来。木屋被大风刮倒了，大家都被浇得湿淋淋的。海克托和路易用存起来的树皮和树枝生了堆火，他们马上将火焰吹旺，把衣服烤干。暴风雨过后，林子里十分寒冷，接下来的几天，天气都很差，天空中乌云密布，白色的小浪花在铅灰色的湖面上翻腾着。

三个人立刻动手搭建新茅屋。他们将在谷口发现的一棵被风吹倒的大松树的树皮剥下来做墙。利用两个小伙子盖茅屋的时间，凯瑟琳将前一天晚上捕来的鱼做好。乌尔夫也相当满意地吃了一顿饱饭。

吃完早饭，他们爬上了山顶的平地四下瞭望，乌尔夫跟着他们，和他们一起看是否有清泉谷来的人。他们常常一看就是大半天。到了傍晚的时候，三个人才十分疲惫地回了茅屋。海克托打了一只红松鼠，又逮到了乌尔夫追到的一只松鸡。那只松鸡落在树上，乌尔夫就在树下拼命地对着它叫唤。夏天马上就要过去了，松鼠和松鸡都很肥。

一天，他们偶然间发现了蜜蜂，于是，先用斧子做了个记号，然后将有蜜蜂的树砍倒。路易的爸爸是一位养蜂能手，路易也跟着他学了几手，平时就为此自鸣得意。由于山谷里花多水足，野蜂多，而且树木中间光照充足，因此，特别利于蜜蜂的生长；由于花儿多，蜜蜂采蜜就相当容易。此刻，路易已经兴冲冲地谈论起秋天要收获的蜂蜜了。

　　从前，路易曾教过番冲（一只法国种小狗）如何上树找蜂巢：如何在树上找，如何在地上找。每次外出打猎，当其他的狗都忙着追獾追松鼠的时候，番冲却忙着寻找蜂巢，或者在树下大叫，或者在地上乱刨。可现在番冲不在身边，老狗乌尔夫又太老了，压根学不会新把戏，无奈之下，路易只好自己来找蜂蜜，而收集蜂蜜则要靠斧子。

　　最近两天钓上的鱼少了，针骨鱼、太阳鱼都少了，就连斜齿鳊鱼和泥鳅鱼也没有了[1]。好在他们在沙滩上找到了一些河蚌，又抓了几只淡水螯虾，它们就藏在水边的泥沙里，其中一只还会夹人的指头。

　　由于没有盐，河蚌挺难吃的。不过话说回来，他们是真饿了，压根管不了那么多了。大家将河蚌埋在热灰里烤熟吃，路易认为，味道还不错。他说："我们呀！得向苍鹭和雕学习如何吃河蚌。"

　　"那天，我眼见一只雕叼着一只河蚌飞落到一棵高树上，然后将河蚌丢下来，再俯冲下来将其抓住，我马上跑过去将它轰走了。结果我发现是怎么一回事儿了。原来，那个家伙很聪明，之所以将河蚌丢下来，就是为了将其在石头上摔碎再吃[2]。我发现山顶上的

1　作者原注：所有这些鱼都产于加拿大的淡水中。
2　作者原注：实际上，许多鸟都会聪明地用这种方法打开河蚌壳。

树底下有很多的碎壳，一定都是鸟儿们留下的。我还发现了一只很大的厚河蚌壳，其上有一个如同钻子钻出来的洞，一定是某只硬嘴鸟干的。"

凯瑟琳问："你还记得吗？去年，海克在玉米地里捡了一个淡红色的蚌壳，那上面也有一个小洞。舅舅告诉我们，那一定是大鸟丢下的，说或许是鱼鹰或苍鹭从大湖那边叼来的。原因是那蚌壳显而易见是从深水里来的，不同于清泉附近的蚌壳那样又白又薄。"

海克托说："路易，你忘了吗？我们那个小山顶上的鹰巢里，就有相当多的大鱼骨头。"

"当然没忘。比起我们那边的金鲈和太阳鱼，那些鱼要大得多，我敢打包票，它们就是来自这个湖里的。"

"倘若有一只独木舟或小船，再加上好鱼钩和鱼线，我们肯定是最棒的渔夫。"

凯瑟琳说："路易，你成天要么想独木舟，要么琢磨小船、小艇，你真是一个当水手的料。"

对此，路易可是格外确信。倘若可以有一只独木舟，自己绝对可以用得得心应手。理论上来说，他早就成为一名优秀的水手了。他一直心怀希望，无视任何困难，他对自己的才干相当自信。

路易在反应方面相当快，思维比海克托快。不过，海克托为人谨慎，而且具备一个大优点，那就是坚持不懈。他接受得慢，

不过一旦接受了，他就会坚持不懈地做下去，直至达到目的。

一天，路易对凯瑟琳说："妹妹，你看，周围全是黑莓，整个山都变成了紫色的。我们最好多采一点儿，把它晒成干，留着冬天吃。也许我们得一直待在此地了，不管怎样，晒一点儿果干吃还是不错的，冬天可找不到水果吃。"

"路易，你的提议当然好，不过，眼下，太阳压根不可能将果干晒透。即使晒出来，也只是干皮，没有任何味道。"

"怎么会这样呢？"

"我也不知道，不过现在晒果干就是这样，妈妈晒出来的加仑子和树莓就是干皮子。需要在地板或灶台上烘出来才可以呢。"

"真的，凯特？巧的是，我还真找到了一块又光又薄的灶台石，我们可以再弄点儿树皮，缝几个袋子装果干。"

于是，大家专心准备晒果干，越橘[1]和黑果都晒。凯瑟琳和路易（他总认为倘若自己不在，什么计划也无法付诸实施）开始动手做口袋。海克托一直认为，缝缝补补是女孩子家的活，没多长时间就烦了。于是，他就负责采黑莓，然后到附近的山上和山谷里去搜寻猎物，有时候到天黑才回来。

一天，他在外出的时候偶然发现了一根很结实的山核桃木，

1　作者原注：因为莱斯湖南岸盛产越橘，印第安人把那里命名为越橘平原。

于是，他就学着印第安人的样子做了一张硬弓。然后他还找了一些木头，先将它们在烟里熏烤，再用刀子将其削尖，最后用火焙干，这样就做成了几支箭。他又将獾的肠子抽出来，刮干净晾干，这样就制成了弓弦。后来，他们还弄到了鹿筋，将其收拾收拾，于是獾肠子就被鹿筋取代了。

没用多长时间，海克托又做了一张十字弓。他是一个神射手，用起这张弓来相当顺手。有了弓箭，他和路易就常常在树皮上凿记号，练习射箭。慢慢地，凯瑟琳也可以用长弓射箭了。于是，茅屋里猎物不断。

此时，正是松鸡、鹌鹑和鸽子繁殖的季节，海克托外出捕猎时，差不多每次都是满载而归。本来应该在春天迁徙的候鸟此时也留了下来，寻找正值成熟的草莓和橡果吃。松鼠也有很多，人们经常说，红松鼠和黑松鼠会联手对敌。海克托和路易却发现，红松鼠和黑松鼠在通常情况下离得相当远。

从前，在莱斯湖平原，甚至一连几年都看不到一只黑松鼠，反而是"橡树洞"里的灰松鼠和红松鼠很多。我们的少年鲁滨孙们生活在莱斯湖的平原时代，那里的鹿相当多，当然，像狼、熊、狼獾、猞猁等动物也不少，还有一种猫科动物——豹子。现在，这类野生动物少了很多，人们不再谈起狼和熊了，猞猁和狼獾也已经成为这片土地的历史。随着文明的推进，这类动物正在

慢慢消失。

与人类一样增多的则是另外一些动物，尤其是一些鸟类，它们会在居民家门口捡拾面包屑充饥，因此，繁殖得十分快。还有些动物则伴随着环境的变化，觅食、居住等生活习性也发生了变化。

这些孩子们不担心没肉吃，只是感觉没有面包简直让人无法忍受。一天，海克托和路易带着乌尔夫在湖边的沙砾坡上挖了一个獾洞，凯瑟琳在一边摘花玩。她摘了很多的盾叶鬼臼，上陡坡的时候认为它们相当累赘，于是就将一些丢在一棵树下走了。

过了一段时间，她在树底下发现了几棵漂亮的、像草一样的植物，其上长着鲜艳的紫色小花，她一拔，结果连根也带了起来。她发现，这种植物根的样子和大小就如同藏红花，咬上一口，感觉甜甜的，还有点儿涩，总之，味道不错。还有许许多多的这种植物生长在獾洞口的沙砾土上，其中有很多茎杆被咬掉了，有的根都被吃了，由此可见，它们也同样受到獾的欢迎。于是，凯瑟琳挑大个儿的弄了一大包，带回来在火灰里烤熟。结果烤熟后如栗子一般好吃，而且，比从前在家里烤的白橡果还要好吃得多。海克托和路易津津有味地吃着，不停地赞扬凯瑟琳的发现。

又过了一些日子，路易在湖边发现了一种更大的、更有价值的植物根。开始的时候，他发现了一株爬藤似的灌木，其上开着一串串紫红色的、豌豆一样的花，而且发出一股甜丝丝的香气。这种灌木爬藤攀在一棵小树上，叶子和卷须密麻麻的，均为黑绿色。路易很喜欢那种茂密的叶子，就将它拔起来，准备带回去让凯瑟琳看。没想到根一拔出来，竟然带起一些椭圆形的东西，像马铃薯一样，切开来，里面很白，吃起来味道与马铃薯很像。

于是，路易装了满满几口袋，兴冲冲地带了回来。结果烤熟后一吃，大家都认为这东西的味道不比马铃薯差。从那之后，这种植物就成为他们那小小的储藏室中最有价值的一样。几个人在茅屋一角挖了一个小洞，将藏品放在里面。海克托说，这种根在早春或者秋末或许会更好一些，他由经验得知，每到开花季节，植物的养分差不多都被花朵和种子吸取了。将那根切开一刮，必定会落下白色粉末，如同面粉一样，也像马铃薯的淀粉。

凯瑟琳说："用这种粉和上牛奶做成粥，一定会很好。"

路易笑着说："那一定错不了，聪明的小厨师、小管家。可是，我们到哪儿弄牛奶呢？又到哪儿弄煮粥的锅呢？"

凯瑟琳说："你说的没错！看来，还要等一段时间才能得到这两样东西。"

一天上午，天气分外好，路易急匆匆地从湖边赶回来拿弓箭，说有五只鹿正朝长岛游呢。

"路易，等你回去，它们肯定早就离开箭的射程了。"凯瑟琳

一边说着，一边将几支箭和弓取下来，飞快地挂在路易肩上（弓上有一根背带，那是用动物皮做成的）。

"不会的，凯特，它们现在还在岸边吃草呢。我得将乌尔夫带上，快来，乌尔夫！乌尔夫！快走！"

凯瑟琳看着路易高高兴兴的样子，也来了兴致，决定跟着他去看猎鹿。他们跑下山坡，乌尔夫好像也知道有了猎物，摇着毛茸茸的尾巴，欢蹦乱跳地跟着女主人跑。

海克托正在湖边焦急地等待着。那是一个小鹿群，包括一只高大的雄鹿，两只成年母鹿，两只半大的雄鹿。此时，鹿群正静静地在离岸边差不多十五到二十码远的湖床上吃草、啃小灌木。

海克托站在一棵倒下的大树干上，焦急地观察着鹿群的动向，而鹿群压根不曾注意到海克托。可突然间，路易和凯瑟琳跑动的脚步声被鹿群听见了，猎狗乌尔夫的吠声也被鹿群听见了，它们马上紧张起来。那只雄鹿将头仰起，如同大家预料的那样，雄鹿发出了逃跑的信号。鹿群马上就跳下水向长岛游去。

鹿群奋力向前游着，在银色的湖面上划出了一道道长长的水花。"咳！追不上了。"路易失望地喊起来。

海克托说："嘘！嘘！路易，这时候得看乌尔夫的。乌尔夫！截住它们。嗨！嗨！把它们抓住，伙计！"

乌尔夫一头扎进了湖水。

海克托大声喊着："赶上！截住！"

乌尔夫原本做事就老练，对于主人的心情它相当清楚，于是猛蹿几下，迂回到了前面。乌尔夫一到前面就被雄鹿发现了，于是它犹豫了一会儿，马上转身向湖岸游去，结果，鹿群和猎狗之间又开始了一场比赛。

一看到乌尔夫将鹿群赶回来了，海克托他们就各自行动起来，路易跑到右边隐藏在一片雪松林里，海克托居左，趴在一个泉眼边，凯瑟琳则选择谷口的一棵松树下站定，将谷口堵住。

海克托说："这样吧，凯瑟琳，倘若鹿群朝谷口跑过来，你就拍手、大喊，鹿群就会掉头，或者向右，或者向左。千万不要让它们上岸或上山，它们要是一上岸，那就全完了。乌尔夫有经验，清楚应该如何做，一定可以将它们截住。"

在如此紧急关头，凯瑟琳表现得不错，她一见鹿群距离自己仅几码远的时候，就拍着手大喊大叫。鹿群受了惊，就沿着湖岸跑起来，冲向岸边的一丛蓟草，不过，那里正是海克托的藏身之处。路易看见鹿群慌不择路，就悄悄地钻出来帮助海克托，他借助有利地点开始瞄准，为的是防止海克托射不中或仅仅将鹿射成轻伤。

海克托趴在树丛下耐心地等候着，直到一只雌鹿进入射程才发出了第一箭。他可真是一名神射手，第一箭就将鹿的咽喉射中

了。雄鹿打算掉头，不过，其后是紧迫不舍的乌尔夫，雄鹿不得不拼命向岸上游。路易也发出了一箭，没想到射偏了，箭在水面上打了个漂。差不多就在同一时刻，海克托射出的一箭命中另一只雌鹿的两眼之间。雌鹿打了个趔趄，结果肚子上又挨了路易的一箭，马上就跌倒在水里。

鹿群将垂死的同伴丢下，发疯一样地向湖岸边游去。我们的小猎手此刻相当高兴，于是让它们上岸逃跑了。依据主人的手势，乌尔夫扑向猎物，路易由于射出了致命的一箭，因此想要将鹿的咽喉割开，不过这遭到了海克托的强烈反对，路易不在乎地笑着说："那好吧，等一会儿鹿肉烤熟了，我要第一个选一块，犒劳一下自己。"说着，他又将凯瑟琳赞扬了一番，称赞她挡住鹿群上岸，立了大功。当然了，乌尔夫也是大功臣。

两个小伙子立刻开始动手剥皮、切肉。这次捕猎是他们收获最丰富的一次，他们除了可以吃鹿肉，而且可以获得鹿身上的其他部位，这些都是宝贝。在他们看来，鹿的全身都是宝。

他们的父亲生活在这个国家很长时间了，因此，与毛皮商人和猎人打交道是必然的事情，有时候，友好的、有教养的印第安人也会来找他们的白人兄弟，为的是可以换取食物和烟草。这些人虽然言行粗鲁，没受过教育，不过，海克托他们也从他们身上学到了许多实用的知识。虽然他们仅是来了那么一次，不过却为孩子们留下了足够思考、讨论和受益的东西。

从印第安人那儿，孩子们知道了粗鹿筋可以用来缝东西，知道了如何将鹿皮裁成莫卡辛鞋，因此，他们裁出来的样子差不多与印第安女子裁出来的一样好。他们还会做箭头，还会把木头做成长弓和十字弓。他们亲眼看到印第安人如何将骨头和硬木做成鱼钩，用新割下来的动物皮裁成长条做弓弦，有时候也可以用晒干的动物肠子做弓弦。

从前，他们看见印第安妇女用橡树、榆树、椴木，甚至雪松的里层树皮做篮子和其他很多精巧的玩意儿。现在，轮到自己要动手制作了，才清楚当初自己看到的景象是多么可贵。他们学着印第安猎人的样子，将肉切成厚两英寸左右，宽四五英寸的条状，然后将其挂在木棍上，再将木棍插在地上，经过风吹日晒，最终形成肉干。至于鱼，他们先将其一劈为二，然后将头骨和背骨抽去，最后用烟熏一熏，放到太阳地里晒。

大家因为打猎的成功而高兴坏了，他们欢喜地拥抱在一起，乌尔夫也由于出色的表现得到了大家的爱抚。

路易说："如果不是聪明的乌尔夫，哪儿来的鹿肉吃？乌尔夫，你有先挑一块的特权。"

打来的鹿全身都可以用：鹿皮剥下来绷在棍子上晾起来，肠子留起来可以做弓弦，鹿腿和背上的筋可以抽出来，放在一边等

将来再使用。

海克托慢悠悠地说："夏天马上就要过去了，我们必须做冬衣和莫卡辛鞋了。鹿筋一定可以发挥大作用。"

"没错，海克，还要盖一个暖和的小棚屋。冬天如果还住在树皮屋是绝对不行的。"

海克托说："必须抓紧时间搭个棚屋，凯特尽管是个女孩子，也可以做些收拾木头的活儿。"

凯瑟琳说："你说得没错，我可以干那活儿，你还记得吧，海克，上次爸爸去海湾[1]时，带着许多的毛皮买奶牛，为这牵回来的奶牛，我们请了个蜂工[2]盖木板屋，我和马蒂尔德干的活与你和路易干的活一样多。你当时还说，如果我们不帮忙，你们不会做得那么好。"

"没错，没错，当时你还哭了，你从屋上滑了下来，事实上，屋子仅有四根圆木高。"

凯瑟琳恨恨地说："我哭不是因为摔下来，而是由于当时遭到了你和路易的嘲笑，你们说：'大家都知道，猫有九条命，极少受

---

1 作者原注：指昆茨湾。

2 作者原注：在当时的加拿大，人人对邻居都有一定的义务。当一件活需要很多人手的时候，比如盖房、盖棚屋、盖牲口棚，所有的邻居都会被叫来帮忙。当然，被帮的人以后也要帮助别人，以回报他所受的恩惠，即所谓的蜂工。

伤，走路一直是轻轻的。'那时候，人家正疼着呢，你们还取笑。再说，我一直被你们称为'猫咪''可怜的猫咪'。"

路易后悔地说："凯特，没想到你还记得这件事。当时那么对待你，是我们不对。我早就不记得当时你摔下来的事了，我只记得，那天我们玩得非常快乐。亲爱的姑姑为我们做了一个蛋糕作为茶点，那里面放了很多的枫糖蜜。那间棚子盖得也很好，老牛一定认为我们是最好的建筑师，无须太多人的帮助，我们就为它盖了那么舒适的一间屋子。"

海克托若有所思地说："绝对错不了，将上帝赐给我们的智慧和力量用上，再加上我们的毅力，孩子们能做成很多的事呢。几个星期之前，我们恐怕不曾想过，可以依靠钓鱼和打猎在荒野里生存下去吧。"

第 4 章

危险的野蛮人

啊！为逃避酷热，

我们进入岩洞。

野藤缠绕着树根，

古老黝黑的岩洞，

被披风似的绿草、藤蔓缠绕着。

洁白的披风下，

有大风吹过，

我们就在这里避开炎热，

野蜂儿嗡嗡叫，

唱着催人发困的歌。

——柯勒律治

凯瑟琳问："路易，你刻木头做什么？"。前一天，他们刚就盖木屋的事儿进行过讨论。

"凿个独木舟。"

凯瑟琳笑起来，说："就用那根橼子？亲爱的，那东西太小，坐不了几个人。"

"不要取笑我了，妹妹。我想先做个模型，真正的独木舟必定要用大松树来做，而且，最少要能坐三个人。"

"是不是就和家里的糖槭林里的那个大水槽一样？"

路易点了点头。

"我特别想到那个小岛上去看看雪松下面的小海湾，那里有很多的鸭子、松鸡，还有松鼠。松鼠大多生活在那种地方。"

"也需要用桨划吗？"

"当然，还要把你的裙子做成帆呢！"

凯瑟琳恶狠狠地看了一眼自己那已经破烂不堪的裙子。

她叹了口气，说："这裙子如今不值钱了，如果裤子也全破了怎么办？还好，它的确够结实。如果是棉布的，这时候没准早就被小树挂成破棉絮了。"

海克托说："一旦皮子攒够，我们就立刻做衣服。"

"路易，你做个骨针吧，那种针很好做，这样，我们就可以用棘刺或骨针缝衣服。"

路易说："等下雨天我得闲的时候再做，现在，我忙着做独木舟呢。"

一向沉稳的海克托说："路易，你做任何事都要好好想想。即使你明天就可以将独木舟做好，可是我们都不会划，它真的没用。"

"学划船很容易，你只要看看之前的人是如何做的。没人教印第安人，不过，他们却可以划着独木舟在湖上显威风，难道我们会比他们差？我听了很多爸爸去圣·约翰河伐木的故事，我认为，自己简直就如同生在小船里一样，已经相当熟练了。"说着话，他

转向凯瑟琳，"妹妹，现在如果有一只独木舟，我们就可以到那片长满灌木的湖滩后面去，没准可以打到更大的鱼呢。"

"我被你这话提醒了，路易，你说的那片湖滩一定是印第安人的稻田，就是印第安妇女煮汤用的那种稻子。"

"对呀，你是否还记得，老雅各说过，在清泉谷的北面，有一个名叫莱斯湖的美丽的湖？他说，那里有各种各样的猎物，还有成片成片的树林。他还说，那里是印第安人秋天打猎的地方，那时候，他们会去那里收割野稻子。"

凯瑟琳打了个寒战，说："如果我们被印第安人发现，那就糟了。我在想，与狼相比，印第安人更加可怕。你们不是听过很多描述他们残忍无比的故事吗？"

"不过，我们从不曾受到他们的伤害。来清泉谷的印第安人都非常懂礼节。"

"那是他们对我们有所求，或者是想弄点儿吃的，或者是想借宿。一旦他们发现我们人少势孤，还要将其狩猎地侵占掉，我担心情况就不好了。"

"这地方这么大，大家一块儿用都绰绰有余。我们尝试着与他们交朋友吧。"

海克托说："狼和羊不应该处于同一个圈里。印第安人生性难以捉摸，相比于文明人，他们的习惯和性情截然不同，双方压根不可能和平相处。我们心胸宽广，他们狡诈多端。再说，他们会认为我们的宽容是陷阱，我们根本不会获得他们的理解。我们从小就知道宽恕，可他们的报复心相当强。

就这样，我们的流浪者们聊着天，打发着时光。他们大部分的时间和精力都用于生存和自我保护的需要，几乎没时间愁眉苦脸。他们彼此鼓励，相互安慰，忍受着远离亲人的痛苦，忍受着思念家园的痛苦。

九月里的一个明媚的早晨，他们将鸟尔夫留下看家，又出门了。鸟尔夫非常忠诚，对于小主人储藏的鱼和肉从不偷吃；它又相当厉害，狼和野猫都不敢靠近。

他们翻越过几条窄窄的山沟，到达了松树台东边的湖沿儿，一块平坦的林地位于那里。湖滩低处草木太密，没办法行走。他们不得不沿着一条窄窄的山梁向上爬，山梁上面的有些地方仅有一辆马车宽，两边都是深谷。花朵艳丽的野藤、草莓、山楂、欧洲越橘、高秆越橘，以及橡树、白桦、杨树、松树等生长在山梁的边上。

深谷里的大树直插云霄，树梢差不多可以与他们脚下的路相平。山谷的峭壁不是灰红色的花岗岩就是石灰岩，其上可以看到水冲过的痕迹。由此可见从前此地就是湖岸，现在湖岸已经退至几百米开外了。

　　清澈的泉水在树木间到处流动，发出悦耳的、叮叮咚咚的声音。孩子们一边沿着山梁向前走，一边欣赏着沿途的自然美景。有时候，他们就在路边休息，或是坐在满是青苔的巨石上，或是坐在大树根上，还会极有兴致地欣赏着天地间这片辽远、可爱的景色。

　　一个缓坡位于湖对岸，黑黝黝的森林生长在山坡上，而且面积相当大，一直延伸到天边。通常情况下，孩子们总会因为蒙胧且碧蓝的远方而产生诸多联想。对他们而言，那是一个未知的地方，那是一个神秘的地方。

　　凯瑟琳认真地说，湖岸的北边或许就是爸爸可爱的故乡：苏格兰。大家都很认真地听着，无人发笑。也请年轻而博学的读者们对这个加拿大姑娘的无知不要加以嘲笑。她对于地图、地球和半球这些东西一点儿也不了解，她唯一读过的书就是《圣经》，她唯一的老师就是她的爸爸——一位苏格兰穷士兵。

　　一个很高很陡的小坡位于山梁的尽头。三个人沿着小路又向南走，走了不远，他们发现了可以饮用的水。山坡下有块小小的盆地，白桦树在盆地边迎风婀娜地摇摆着。大家想，就在此地建冬天的木屋最好不过了。于是，他们将这块丘陵称为阿勒山（现在此地还叫阿勒山）。

　　"就在这儿，"他们说，"我们将建起新的家园，从此不需在森林里到处流浪。"三个人坐在旁边一棵倒在地上的大树上，喝着泉水，吃着肉干。担心再来时找不到，海克托就将一棵树砍倒，临走时，又将树皮刮去作为标记。

后来他们发现，此地很好找，它相当醒目。现在，他们再也不会迷路了，原因是大家早就学会了关注路边的一草一木。几天后，他们将自己的全部家当（斧子、锡锅、弓箭、篮子，还有几袋果干、肉干、鱼干和几张鹿皮）都搬到了新居。走的时候，他们还记着将捕获的鹿的头盖骨（他们的战利品，是他们首次在莱斯湖狩猎的纪念）挂在新居的门上。凯瑟琳得到了鹿皮，这样一来，她就可以躺在上面睡觉了。

两个小伙子开始整天忙着砍树。斧子有点儿钝，橡树又非常坚硬，砍树相当浪费时间。不过大家没有一点儿怨言，每当砍倒一棵树的时候，凯瑟琳都会发出一声欢呼。他们就这样一天天地盼望着，将枯燥都忘了，因为立刻就可以盖房子了，严冬就要到来了，他们会在冬天暖暖和和地住进新居。

木屋盖好后，正式入住的那天，大家都非常高兴。屋子没有窗子，他们也没打算留开窗的地方。苏格兰高地人的木屋从不留窗子，他们也不认为有任何不便之处。

屋顶开了个洞，那就是烟囱。碎木头和泥塞在屋子各处的缝隙之间，这是由于他们主要是用橡木和松木搭墙，而这些树干上

不存在苔藓，相当光滑。通常情况下，生长在密林或沼泽中的树木，尤其是像雪松、枫树、椴树和铁树的北侧，都会生长着密而厚的苔藓，除了门前盆地里的一两棵树有苔藓，这儿的树都没有，他们还曾为此而迷惑不解。

搭屋顶用的全都是劈好的雪松枝。屋子终于可以入住了，大家相当高兴。小伙子们还在忙活，凯瑟琳就捡了几块石头，用来垒烟囱，然后又用一把雪松枝做了一个大扫把，将屋里的木屑和垃圾扫了个干干净净。她把难看的东西一一挪开，然后在地上把新鲜的小雪松枝铺上，就如同为小屋铺了一层地毯。雪松枝那淡淡的芳香缓缓散发出来。

当看到灶台前生起第一堆火的时候，大家都万分高兴！坐在灶台前，大家兴奋地说着做过的和将要做的事：这里还要弄几个雪松枝架子，可以存放食物和篮子，那里还要钉上几根桩，为的是挂干肉、绷动物皮子、放装桦树皮的袋子。

屋子中央埋几个桩子，上面放块板子，权充桌子。路易用刀子刻了几个大菜盘和菜碟，另外还刻出其他一些木头日用品对付着用，等将来有好的再换掉。铁木棍子被做成床架子，它的一边架在埋到地里的木桩子上，一边架在屋墙的大圆木上，上面铺上小雪松枝，再铺上一层干草、苔藓和枯叶，三个大森林的儿女就得到了一张简朴但舒适的床。整间屋子简单到了不能再简单的程度。

屋子看上去非常粗糙、寒酸，或许连最穷的英国农夫也不想去看。不过在我看来，大部分家庭都是如此寒酸，好房子都是用来接待客人的。也有太多富家绅士的儿子，生性好奇，只想冒险，对木材投资业十分专注，满心只想赚大钱，也就不去讲究这些，和没文化的粗人（加拿大的伐木工）一起吃住在木屋。

每年春夏之交，伐木工走过无名的湖泊和溪流，在无路的大森林里穿行，将可以做木材的松树和橡树砍倒，然后将树冠、树根砍掉。等到冬季，就把它们做成筏子，顺水漂流而下，最后历经千难万险漂到圣劳伦斯河，再装到船上运往英国。

我认识的几个欧洲绅士就甘愿抛开文明社会的舒适生活，与印第安毛皮商和猎人结为同伴，生活在大森林里，过着原始的生活。

天气慢慢变冷了，早晚的时候，山谷里特别寒冷，露水也一天天重起来。雾气经常被锁在山谷里，直到太阳升起才消散。幸运的是，木屋已经盖好，不然，住在这种潮湿阴冷的地方，人就算不发烧，也不免要染上疟疾。

小鲁滨孙们计划着将屋子弄得更舒适一点儿，有时候还得思量着再弄些食物。一天，海克托在黎明的时候就出了门，直到月亮升起时才回来。他高兴地说，自己在湖边的陡崖下面（就在谷口）打了一只小鹿，乌尔夫正在那里看着呢。他让路易和他一起

将鹿拖回来。现在，鲜肉已经足够吃了，加上平时吃得相当俭省，他们已经积攒了很多干肉。

最近，凯瑟琳想到了一个晒肉的新法子。这种方法无须将肉切成条晒（或者如同伐木工那样将肉撕开晒），而是先将肉整个儿烤熟，再用薄桦树皮一层层地包好，然后挂起来。如此一来，肉里的水分就会保留下来，味道就更加鲜美。

她又在离木屋很近的一个小山谷里发现了许多野李子，如果平时他们节省着吃一点儿，那么余下的就可以晒成干留着冬天吃。附近还有一个小峡谷，一条小溪从此处的小山包中流入莱斯湖。小黑李和高秆越橘生长在小溪的两岸，此地的风光分外迷人。

这儿遍布着水田芥，鲜嫩、干净的水田芥就如同帽缨一般，一簇一簇地生长在清澈的小溪里。他们发现了水田芥后，高兴坏了，这种植物的根茎简直跟面包相似，又找到了可以替代粮食的东西了。总之，他们每时每刻都在寻找可在冬季食用的植物食品。

天气越来越凉了，夜霜也越来越重，是时候做棉衣和棉被了。现在，几个人的衣服也都破烂不堪了。凯瑟琳的衣服已经在湖里洗过数次，虽然很干净，不过随着时间的流逝，她也认为理应换衣服了。她不止一次地就此与两个哥哥商量过，如果有一根针，她就可以给两个小伙子缝制夹克和外套，那是用小动物的皮子和鹿皮做成的。为了使皮子软和一些，路易经常反复揉搓；然后，将皮子上的硬毛用小火烧掉，再将毛皮向里卷着收起来。

有一次，路易学着爸爸的样子，将一张皮子挑出来，又在鱼骨头上打了个眼，穿上鹿筋，然后做了一双蛮不错的莫卡辛鞋。后来，他又用那把老锉刀将一个生锈的钉子头锉尖，十分轻松地就在一根鱼骨上打了个眼，如此一来，就做成了一根针。他还不满足，又反复加工了多次，鱼骨针在火边烤过几次后，变得更加结实了。凯瑟琳甚至可以用它补衣服，补得还相当不错呢。

渐渐地，在凯瑟琳的衣服上，松鼠、水貂、麝鼠和獾的皮子都被补上了。各种皮子拼凑起来，竟然产生了一种奇特的效果，那就是虽然颜色不一，不过穿上却相当暖和。凯瑟琳对此非常自豪，于是，每加上一块皮子，她都要得意好长一段时间。

路易为她做的莫卡辛鞋相当合脚，穿上格外舒服。一天，海克托非常高兴地将一件战利品（一张狐狸皮）拿了回来，那只狐狸是他用陷阱抓住的，他们用狐狸皮做了一顶特别时髦的帽子，用狐狸尾巴做装饰品，这样一来就可以耷拉在肩膀上。每次出猎的时候，海克托和路易走在前面，凯瑟琳走在后面，身穿毛皮衣服，背着弓箭，如同森林女王一般。

每次弄到一只动物，他们就会认真地将皮子剥下来，抻在弯

曲的棍子上，为的是让里面通风，方便晒干。从前，他们也经常帮助爸爸收拾毛皮，这样的活干起来很轻松且熟练。那时，收拾好的毛皮一般会卖给毛皮商，因此，他们家经常有毛皮商来拜访。用毛皮能换到不同的小东西，像火药、弹丸、小刀、剪刀、针头线脑之类的，当然，还有妇女用的棉布、棉手绢等。

慢慢地，夜晚变得越来越长了，小伙子们就利用空闲时间做盘子和碟子。他们将大块的鹿骨刻成刀子、叉子和勺子，鹿骨很好找，经常可以在野外看见葬身狼口的鹿的骸骨，它们在太阳底下泛着白光。

他们也做篮子和碟子，现在，他们的手艺获得了长足的进步，做出来的篮子和碟子还能装水。不过他们最想做的还是一个耐火的罐子或者锅。如今，手头的锡锅太小了，根本无法煮饭，凯瑟琳只能用一块鳞甲煮茶。实际上也不是茶，而是一种甜蕨叶子。很多甜蕨生长在路边干燥的沙地上，这是一种非常美丽、繁茂的蕨类，散发出一种肉豆蔻似的甜香气息，加拿大人都喜欢喝用这种蕨熬出来的水，还将其当成治疟疾的良药。

路易说："假如我们可以做出耐火的泥锅也好呀，如此一来，我们就可以做顿好饭了。"不过，他们始终没有找到陶工用的泥，只好算了，平时就吃烤的东西。

喜好新奇的路易在灶台前挖了个坑，在四周垒上石头，用灰泥将其抹光，这样就做成了一个小泥炉。抹上去的灰泥封闭性相当好，如果加上热火灰，炉子就可以热起来。当炉子烧热之后，将火灰掏出来，再将肉或植物的根茎放进去，然后，用一块事先用火烤热的石板将炉子[1]盖上，在上面放上烧得正旺的木头即可。

老雅各曾多次说过这种方法，这在加拿大的印第安部落十分常见。通常情况下，人们用这种方法烤小动物，烤出来的肉味道非常好。倘若有面粉，还可以烤面包。

房子盖好收拾利索之后，三个人已经适应了林中寂寞的生活，甚至有时还对这个小木屋产生了家的感觉。他们还是常常谈起父母和兄弟姐妹，想了解他们当前的情况，是不是也在盼着他们回去；也经常想起在家里的那些幸福日子，经常对自己以后不能再见到家人表示恐惧。然而，他们外出的时候，也不再总是盼望着可以与家人相遇，三个人变得快乐起来，他们因为相依为命的感觉而感到特别亲近。

在所有人眼里，另外两个人都十分珍贵，他们的幸福不曾受到任何不团结的影响。路易的活泼、热情慢慢地感染着严肃、谨慎的海克托，两个少年都对凯瑟琳格外疼爱，想尽办法对过着苦日子的凯瑟琳予以安慰，尽量让她过得舒适点儿。凯瑟琳呢，心

---

1 作者原注：这种原始的炉子很像旅行者描述的南太平洋岛屿的土著居民使用的那种。

甘情愿地忍受着各种艰难，为的是让两个哥哥心里愉快点儿，每次都对他们两个提出的想法拍手叫好。

一个秋天的早晨，路易外出打鱼。他刚出门，天气就忽然发生了变化，先是刮大风，接着下起了倾盆大雨，过了相当长的时间他还没有回来。路易一向喜欢冒险，就在几天前，他还用木橛子做了个木筏。海克托对此特别不放心，对他这会儿去摆弄木筏极为担心，怕出事：此前，路易一直说要驾着木筏到最近的岛上看看。

于是海克托叮嘱凯瑟琳待在家中不要出去，就一个人急匆匆地出了门。他担心鲁莽的路易遭遇不测，不过又担心吓着凯瑟琳，因此脸上没有表现出担忧的神色。跑到湖边，他发现筏子还原样放在湖滩上，就松了口气。不过路易和斧子、鱼竿、鱼线都不见了。

他心想："或许路易去东边的小峡谷口了，上次他就在那里捕到鱼的。或许他去松树台的老屋子了。"

就在他拿不定主意的时候，一阵急促的脚步声传来，然后就看到路易慌慌张张地穿过丛林，向着小木屋的方向跑来。看样子他似乎被吓坏了，边跑还边回头看。

"嗨！路易，难道后面有狼、熊或是狼獾？"海克托大声地问，看着路易的样子，他觉得很好笑，"怎么啦？路易，蔫啦？"

路易转过头，举起手，暗示他不要出声，等海克托走近。

"发生什么事啦？小伙子，究竟发生了什么事呀？你被一群狼在追赶吗？"

路易喘了口气说："不是狼，也不是熊，而是印第安人。他们就在秃山顶上，或许在商量打仗呢，有好几船人。"

"你是怎么发现他们的？"

"出门之后，我原打算去筏子那儿，后来还是没去，而是沿着羊肠小道穿过那个小山谷，爬上了对面的小山。我走过杨树林后，发现可以清楚地看到整个峡谷。眼前就是大湖，几个碧绿的小岛位于蓝汪汪的水中，非常漂亮啊！突然，我发现几个小黑点位于湖面上，起初我认为是一群鹿，不过是离得远没看清而已。于是我就坐在一根木头上看着，心想如果是鹿，我就跑回去找你们，然后拿着弓箭，如此一来我们就又有肉吃了。然而当那黑点越来越近的时候，我才发现原来是印第安人驾着小船，每只船里有三个人。小船驶向峡谷口，后来他们上了岸，跑进了丛林深处。我的心怦怦乱跳，马上趴到地上，以免被他们看见。这些家伙的眼睛如同狼獾一样，太尖了，仅需一瞥，就可以看到任何东西。"

"我看着他们沿着山梁爬上了秃山。你清楚那个地方，就是那座光秃秃的山。没过多久，我看到一股浓烟柱升起来，接着一股又一股升起来，一共有五股，于是五堆大火烧起来了。我站在

高处，可以看到众多光身子的野人在一根雪松木上跑来跑去，时不时还能听到他们的尖叫声，如同在追踪鹿群的狼。我的心跳得非常厉害，原本我还想偷偷溜下去将他们的一只树皮独木舟偷来，因为他们的舟做得太好了！可是一听见他们的尖叫声，我就吓得逃回来了，总认为自己在被他们追赶。还好，我的头皮得以保全。"

说着，路易将手伸出来，摸了摸自己的脑袋，还将浓密的黑发拽了拽，似乎在确认自己是不是真的逃离了印第安人的剥皮刀。

"现如今我们应该怎么做，海克？我们一定要躲开印第安人。如果我们被他们看见，不是被他们杀了，就是被他们抓走。"

"先回家和凯瑟琳商量一下再说吧。"

"好吧。爸爸说过，两人智慧胜一人，三个人的智慧一定比两个人要强。"

海克托笑了起来，说："哈哈，那也得看是怎样的脑袋，两个傻瓜可能是无法想出一个好办法的。"

如何才能万无一失，三个人各持己见，意见不一。海克托的想法是将木屋推倒，将圆木弄乱，消除任何痕迹。可路易和凯瑟琳持反对意见。他们认为，花费了如此大的力气盖起来的屋子，而且住着又舒服，倘若拆掉，他们真的不敢想象。

路易说："咱们将火扑灭，在阿勒山下的山谷里找个山洞，将东西都搬到那儿去，我们就藏在那儿。"

海克托说："他们一定会奔那个山谷去的。印第安人清楚，那里有野兽出没，猎物极多，他们很可能和我们碰上，然后如同抓獾一样将我们抓住。"

凯瑟琳打了个寒战，说："没错，我们会被烧死的。我知道通往'幸福谷'（这是凯瑟琳给一块平地起的名字，现在这块地方叫'下莱斯道'）的一条小路，离这里相当近，如果走直线的话，仅需十分钟。我们可以藏在那天走过的悬崖下面，那儿有几眼泉水，还有许多野果子。尽管那里树少，不过枝繁叶茂，可以遮得相当严实。如果藏在那里，再眼尖的印第安人也无法找到我们。"

大家认为凯瑟琳的主意相当好。于是，大伙立刻行动起来，将暂时不能带走的东西藏到一棵大树下面，然后将宝贵的家当带着，跟随着凯瑟琳和老狗乌尔夫，沿着一条小路走下去。小路或许是鹿或其他动物去湖边或回下面低地的窝时踩出来的。低地的地势相当开阔，泉水也清冽甘甜，树少草密，而且散发着甜香。

走在路上，凯瑟琳时不时小心地瞥上林子外面一两眼。一窝金花鼠欢快地在一根落在地上的树枝上玩，一窝鹌鹑在静悄悄地吃熟透的米切尔果（米切尔果也称蔓虎刺[1]浆果，是松鸡和鹌鹑喜

---

1 作者原注：也称平铺百珠果，一种很可爱的冬青爬藤，开白花，结深红色浆果。

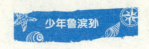

欢的浆果）。

　　他们向上穿行，走过几片橡树林，来到一棵高大的松树下面，向周围看去，此地如同他们从前见过的一样漂亮。静静的大湖自西向东横卧在草木葱茏的群山中间，如同一弯新月。其正前方是密林，位于波涛起伏的山峦上，进而慢慢伸到薄雾里，甚至延伸到天边。

　　东边，一条幽深的山谷位于从前他们休息过的高地和橡树山梁之间。秃山在前，由于他们站得高，于是借助于火光的映照，他们将山上的所有事物看得更加清楚了。山顶上黑黝黝的松林里，火光闪烁，浓烟缭绕，就如同一件锦袍。几个巨大、幽深的峡谷将他们与秃山隔开，峡谷里长满了树木，印第安人压根不会看到他们。不过他们还是很小心。

　　他们非常害怕，似乎可怕的印第安人是超人，他们有着顺风耳和千里眼。他们匆忙地行走了一会儿，最终到达一个悬崖边上，在脚下近一百英尺处，就是他们寻找的大平原。到了这里以后，他们才感觉自己略微安全了一点儿。他们不会被印第安人的营火照到，此次他们选的地方地势相当开阔，一旦印第安人来了，他们可以马上逃跑，而且可以轻易地隐藏起来。

　　一个深深的大坑位于悬崖里面，那是两棵大松树被大风掀了个底朝天后留下的。松树略平，伸到悬崖边上，大树栽倒时带起来的土和须根在坑上面形成了一个天然的洞穴。从松树根上垂下的丝丝缕缕的爬藤植物织成了一个天然的帘子，从外面压根看不到里面。这美丽的树叶帘子就如同专门为躲藏者定制的一样。他们处处小心行事，不敢去碰那帘子，为的是避免留下痕迹。

旁边有一眼清泉，四周都是杨树林，他们在杨树林里找了很多长草、松软的绿苔藓和蕨类将这里铺好。然后，大家吃了点儿果干，喝了一些泉水，又做了祷告之后，就躺下来睡觉了。凯瑟琳将头枕在忠实的卫兵——乌尔夫身上睡着了。

半夜，突然传来一声巨响，似乎是某种重物落地的声音，这声音将大家都惊醒了。夜是那么黑，伸手不见五指。大家坐起来，看着黑漆漆的外面，恐惧让他们不敢说话，甚至气都不敢喘。乌尔夫低低地叫了一声就躺下了，似乎没任何值得奇怪的。凯瑟琳全身发抖，抽泣起来，祈祷千万不是印第安人或野兽。海克托和路易静静地听着，直到实在困得无法支撑下去才睡着了。

一大清早，几个人起来后感觉如同做了噩梦，记忆中的恐惧如此模糊，似真似假。没多久，他们很快就明白发生了什么事。原来，是树根上面架着的一块石头松动了，恰好在昨晚掉了下来，砸在距离凯瑟琳很近的地上。由于石头太大了，因此落下来的东西自然多，如果真的砸上凯瑟琳，那也许命都难保住。

　　海克托和路易看着石头，感到阵阵后怕。有了这个教训，两个少年认真地检查了树根，将几块石头搬掉了，又试验了旁边泥块的牢固性。检查完毕，他们才又放心地住在这个简陋的树洞下面。

第 5 章

神秘的印第安少女

邪恶者渴望邪恶

邻居在其眼中无法看到善。

——谚语

　　一连数天，他们都不敢生火，就担心被人看见；实际上，他们被高高的悬崖挡得严严实实，别人压根不可能看到。尽管还是秋天，不过晚上露水非常重，夜里特别寒冷。奇怪的是，夜间的山顶反而比山坳里热，最明显的感觉就是越向上走越暖和。

　　对于没有读过书的孩子们来说，他们怎么会知道，这是由于热空气上升、冷空气下降的原因导致的。他们尽管发现了这一现象，不过根本不清楚其中的原因。

　　这几天，他们抓了几只松鸡，不过因为不敢烤着吃，不得不劈开晒着，留着将来再吃。或许是狐狸或浣熊被松鸡的气味吸引了，于是次日清晨，原本晒在外面的松鸡不翼而飞了。这儿常能看到鹿群从下面的平原跑过。一天，乌尔夫为了追赶一头受伤的鹿，竟然追到一片杨树林里。最后，那头鹿平静地死在一个隐蔽的泉眼边，远离了自己的同伴们。鹿是被一支箭射死的，正中咽喉，那支箭是用燧石磨出来的，明显属于印第安人。

　　于是，他们在一边享用着这天赐的美味，一边内心胆战不已，唯恐印第安人循着血迹找到他们，报复他们。如此担惊受怕了数

112

天，连印第安人的影子都没有看见，看样子，那些人的活动范围就在湖对岸。于是，大家又振奋起精神，在晚上将火点起来烤肉吃，而且一次就将好几天的肉烤好，余下的肉就挂在烟上熏好，避免再被偷走。

一天早晨，海克托说，自己打算去印第安人营地旁边的山上看看。他说："我无法让自己处于这种被禁锢的状态中，烦死了，面前是死板的平原，两边是闷死人的松林，就如同在蹲监狱一样。"两边山梁上的松林黑乎乎的，事实上，与之仅隔数英里之处就是他们的家园。如果海克托知道的话，他肯定会急迫地跑过那片常青的黑松林，然后赶回家！

生活常常就是如此：我们在满是荆棘的路上四处流浪，内心迷惘且忧伤；无法将前路看清楚，时刻担心着怀疑和恐惧的到来；我们不清楚自己距离目标的远近，眼中只看得到满布的荆棘和无法逾越的障碍。

连续数天处于担惊受怕之中，海克托早就够了，他真的特别想到湖边去透透气。

他说："毕竟，我们在清泉谷的时候见到的印第安人都是好人。没准儿在这里可以遇到熟人呢。"

路易说："或许吧，不过不太可能。不过，海克托，我们总不至于自己送上门去吧！他们有自己的想法，完全可以以我们在其

土地上打猎作为理由将我们杀死[1]。对于那些不经他们允许就擅自在其土地上打猎的人，他们的酋长是要严惩的。这些是爸爸说的，他对这些人非常了解。而且，这些人一旦生气，会变得冷酷而阴险，加上语言不通，我们很难把自己为何来到此的理由说明白。"

路易从来都是轻率莽撞的，不过，此时却相当谨慎。然而，海克托非常固执，他一旦下了决心，就轻易不言放弃。最后，他果断地说，自己无法像现在这样活着，就如同一个胆小鬼，一个犯人一样，他要正大光明地去弄清楚，印第安人究竟在做何事，他们到底有多少人，与之交往究竟会存在多大的危险。

他接着说："顺其自然吧，与勇敢者相比，懦夫未必更安全。在印第安人看来，胆小鬼从来都是遭人鄙视的。倘若我们正大光明地与之相对，表达我们并不在意他们，不怕他们的惩罚，或许还能好点儿。倘若被他们发现，我们如同一窝狼崽子一样窝在这个小洞里，或许我们压根就没法活啦。"

凯瑟琳哭着喊道："海克托，亲爱的海克托，请不要如此固执了！啊！一旦你发生了意外，我们怎么办？"

"不要害怕，凯特。我并非要去送死。我会当心的。如果印第

---

1 作者原注：这是聪明的莱斯湖区印第安人乔治·克普维定的规则。该规则认为印第安人的狩猎地应当合理分配，并受法律和习俗保护，未经同意不得越界狩猎。

安人将其营寨撤了，那么他们必定会搬迁。我就翻过这里的几座小山，从远处看一下他们的营地和湖畔。你和路易就在我们来时经过的那棵松树下等我回来。"

凯瑟琳说："海克托，要是你被那些野人看见并被抓住，你怎么办？"

"我肯定清楚该怎么做。我一定不会逃跑，相反，我会勇敢地走上前，用手势告诉他们，我并无恶意，而是心怀善意和友情的朋友。我还不曾听说过，印第安人会对满怀好意到他们营地去的人回以战斧呢。"

凯瑟琳悲哀地看着哥哥说："海克托，如果你不能在太阳落山前回来，我们就认为你被那些野蛮人抓住了。"。

路易说："如果没有凯瑟琳，我就和你一起去。不过，因为是我将凯瑟琳哄出来的，一旦她发生任何意外，我绝对不能独善其身。"

凯瑟琳抱着路易的胳膊说："没关系，只要我们三个人在一起，比什么都重要。要是你和海克托不见了，我也没法高兴起来。现在这样就很好，咱们三人在一起，我可以帮你们，为你们唱歌、讲故事，替你们解闷。"

"这的确是真的，妹妹。这也是我一定要把你照顾好的原因。我无法让你一人独处，万一发生意外……海克既然一定要去，那

我就和你一起在此等他吧。"

海克托不断地重申，自己可以安全回来，最终获得了路易和凯瑟琳的同意。于是，他们二人就忙着将早晨路易打来的猎物烤好。

时间过得十分缓慢，凯瑟琳始终观望着悬崖那边，想看看哥哥有没有回来。最后，他们实在等不下去了，便走出山谷，登上高地，俯瞰下面，山谷里的一切顿时映入眼帘。

二人坐在树底下，看着大树投在地上的长长的影子，无法言说的、压抑的孤寂感充斥心中，同时，表兄妹二人的心中还涌上来一种冷清的凄凉感。他们和阴郁的森林同时沐浴在傍晚的余晖中。月亮还没完全升起来，第一缕月光即将从东山上升起。他们二人对月光充满了期盼，如同在盼望一位老朋友。

两个可怜的孩子就那么并排坐着，等待着，讲述着幸福的童年、迷惘的当下、未知的将来。就这样等着，最后，凯瑟琳困了，靠在乌尔夫的脖子上睡着了。路易一个人还在不安地踱来踱去，时而睁大眼睛在暮色里搜寻，时而伸长耳朵倾听四下的动静，内心盼望着海克托回来。

他们所在之处的旁边是一棵枯树，夜鹰在树上不停地飞翔，发出让路易心烦意乱的叫声。让人生气的是，这只刚安静下来，另一只又从树林里飞出来。平日里一向安静得幽灵似的夜鹰，此刻不清楚从何处跑来了。有几次，路易的脸差一点儿被它们尖硬的翅膀扇到。它们开始是一小圈一小圈地飞，后来越飞越远，直到飞过高高的树梢，飞入高空。它们不时地发出一两声尖厉的叫声，那是它们捕捉到了运气差的飞蛾或虫子。那些原本静静地爬着的飞蛾和虫子，不曾想到突然间大祸就来临了。

路易烦躁地将这些不识相的鸟儿全都轰开。直到明亮的月亮升起来了，将东边的橡树岭照亮的时候，他才感觉，自己心里略微安宁了点儿。

他羡慕地看着沉沉睡着的凯瑟琳，她仿佛将忧愁全忘了。她枕着的乌尔夫似乎相当乐意成为亲爱的主人的枕头，其脖子上散落着凯瑟琳漂亮的卷发。有时候，乌尔夫会猛然之间将双眼睁开，将毛茸茸的爪子伸一伸，嗅着清冷的夜气，发出一声警觉的咆哮，可没多久，又打起盹来。

路易心里极其烦乱，甚至对海克托的行为感到生气，为海克托相当不冷静地让自己身陷险境而感到生气。他想："他太狠心了，就是故意这样做的。就为了让我们替他担惊受怕。"可是没多久他又担心起深爱的表弟，而且伤心极了。明亮的月光穿过橡树铁灰的枝杈、深红的叶子，静静地照射在山上和山谷里。

突然，乌尔夫抬起头，发出了一声短促的叫声：它从凯瑟琳身下轻轻地抽出身，慢慢地站起来，走到月光照射下的一个小丘陵

上。它就站在松树下面，四面相当开阔。在这里，有着低矮的灌木，有着天蓝色的花儿、边缘像锯齿的黄龙胆，以及秋冬两季美丽的花朵和常青草木，它们每一株的叶子都在月光下闪烁着亮光。

尽管什么也没有看到，路易还是警觉起来。他从乌尔夫刚才的叫声中听到的是愤怒和不安，而不是欢迎。不过那声音也并非狼、熊或狼獾来的时候才发出的凶狠的叫声。

路易从松树影里走出来，走到斜坡边上。他听出，那慢慢走来的脚步声已经非常清晰，那或许是一只鹿。突然之间，他看到两个身影走过来，于是，马上闪身藏在松树后面。随后，他听到了一声清晰、尖厉的呼哨声，那是海克托！路易听见呼哨声，立刻跳出来，跑到海克托身旁，海克托正将一个陌生人半搂半扶着走来。

在明亮的月光照射下，路易看清楚，那是一个与凯瑟琳年龄差不多的印第安女子。那女子乌黑的长发将灰白色的脸隐藏起来，如同面纱一样。她看上去十分虚弱，似乎随时都可能跌倒。海克托也累坏了，他说的第一句话是："路易，快点儿帮我一把，将这个可怜的姑娘扶到那棵松树下面。我一步都走不动了。"

路易马上帮着海克托将那个印第安女子扶到树下，凯瑟琳刚刚醒来，用迷蒙的双眼看着他和海克托带来的陌生人。陌生人一躺下就睡着了，如同死了一般。开始的时候，凯瑟琳又惊又怕。

不过没多久，善良的凯瑟琳就对那个可怜的印第安姑娘充满了同情。她看着那个姑娘，如同看着自己的妹妹、朋友。这时，海克托将自己遇到这个姑娘的经过叙述了一遍：

"我先走到'桦树林'旁边的高坡上，看看秃山上是否还有营火。我看到山上不见烟火，路易说的湖畔也没小船。周围静悄悄的，似乎从来不曾有人出现一样。我就坐在那里观察了差不多一个小时，然后发现，一只鹰绕着秃山上的松林飞了好几圈，由此可见，印第安人一定是撤走了。于是，我就产生了好奇心，想走近去看看究竟那里还有什么。我穿过小溪边上的越橘、雪松，还有些小灌木。我很困难地挤过去，到了秃山顶上。"

"我原本打算找几支石箭、一把刀或者战斧什么的，不过我不曾想到的是，在那里，我看到了那些残忍的野蛮人留下的一个受伤的战俘。他们用皮条将战俘的手脚捆在树上，将她的长发系在一棵小树上，从其姿势看得出，她很痛苦。他们一定认为，将其扔在此处就会让她渴死或饿死。在这附近，他们还将一只还有点儿水的泥罐、几块鹿肉干，还有一根玉米放在那里。就是这个。"说着，他将手伸到怀里，将一个玉米棒子取出给大家看。

"她还受了伤，这是从她肩膀上取下来的箭。"海克托说着，将一枚燧石箭头拿出来，"吃的喝的都在附近，可她却被捆得紧紧的。眼看着这个可怜的姑娘就要因为饥渴而死，或者被狼吃掉，

或者被山头上盘旋的鹰吃掉。由于疼痛和干渴，这个可怜的姑娘嘴唇都变成黑紫色了，她将双眼转动着，看着水罐，似乎在请求我给她点儿水喝。我给她喝了点水，把水滴一点儿在她化脓的伤口上。我将捆着她的皮条割开，不过她还是一动不动，我以为是她的手脚被捆的时间过长而麻木了，就伸手拉她，此时才发现，原来她的头发还被绑在树上呢。于是，我又马上将其头发解开，在解头发的时候，她显然被我弄疼了，她始终在不停地呻吟。我把她的头和脖子用水罐里的水清洗了一下，在此过程中，她始终将头深垂于胸前，眼泪滴在我手上。

"后来，她安静地坐在地上，长达一个小时，我不但无法和她交谈，更无法把她弄走。我担心印第安人回来，所以，我始终在向四周张望，后来我觉得，最好要将其架走。不过，我马上发现，这相当困难，她一点儿也不配合。借助于打手势，我估计她或许认为我会杀了她。我曾经差一点儿就要失去耐心，不过我不想将其激怒，于是尽可能与她温和地交谈。后来，她慢慢地冷静下来，不过，她还是听不懂我说的任何一个字。

"最后，她站起来抓住我的手，举到她的头顶上，然后深深地弯下腰，似乎表示自己愿意听从我的安排。我就将她从地上扶起来，背了一小段路，不过她还挺沉，后来，我就不得不扶着她走。但是她过于虚弱，我们不得不在路上休息了好多次，好在，她顺从得如同一只小羊羔一样。"

凯瑟琳听着，泪水扑簌簌地滚落下来。她认为，哥哥完全是在上天的指引下去将这个小姑娘从印第安人营地解救了出来，让其免于惨死。

路易对这个年轻的姑娘也充满了同情之心，不过，他更加佩服海克托的勇敢和善良。

路易立刻将一堆火点燃，这样大家能更加暖和。凯瑟琳忙着做晚饭，弄水和烤肉。夜里，他们没有回到树根下面的小洞，而是伴着火堆在树下里睡了一觉。

第二天天一亮，他们就将东西收拾好，搬回了木屋。两个小伙子扛东西，凯瑟琳则专门照顾那个受伤的姑娘，给她精心的护理。她先将那姑娘发烫的胳膊浇上水，又用自己裙子的最后一块布为她裹上清凉的胶杨树叶[1]，接着，她又将果干先泡在凉水里凉一下，然后拿给她吃。

印第安姑娘时而抬起忧郁、温和的黑眼睛看一下身边的这位小护士，流露出一种羞怯、慌乱的神情，似乎想说又不敢说："你如此轻柔地为我清洗发痛的头，将我受伤的身体加以抚慰，让我冷静下来，你是何人？你是像我一样的人，还是被天神派来的？

---

1 作者原注：即印第安香脂树。

121

你是来自我爸爸已经去了的那个遥远的福地吗？你是为了解除我的痛苦而将我引向那块满是阳光鲜花的福地吗？我是不是在那里就不会被我们的敌人折磨了？"

第 6 章

印第安娜的故事

鹪鹩鸟在此轻声吟唱，

修好巢穴就来啼鸣，

黑鸟也紧接着相和；

欢迎，欢迎，来到我的家。

——柯勒律治

凯瑟琳为那个印第安姑娘准备了一张草铺，将小树枝和干草还有一张鹿皮铺上，等她进屋后，凯瑟琳就如同对待妹妹一样将她扶到铺上躺下。此时，天色已经很晚了。好心的凯瑟琳由于获得了一个和她年龄相仿的伙伴而格外高兴。

她说："这可真好，我终于有人说话了，而且还添了一个帮手，再也不会感到寂寞了。"不过，当她满心希望地和她交谈的时候，才发现，这真是一件相当困难的事情，究竟该如何让她明白自己的爱与同情呢？

姑娘抬起头，急切地望着凯瑟琳，似乎在努力想弄清楚她说了些什么，然后，又十分难过地摇摇头，用她自己的土语说了一长串话。不过，对凯瑟琳而言，这姑娘如同一本打不开的书。

她记得从前印第安人到自己家里来的时候，和爸爸交流就用印第安语。不过她苦思了半天也没有想起一个字。就算是最简单的字眼都无法想起来，她懊恼得差一点儿要哭了。海克托和路易

124

也想不出与那姑娘交谈的方法来。

三天后，姑娘的烧退了，她疲倦的眼睛慢慢沉静了下来，脸颊上紫黑的红晕也消失了，余下一片灰白，这并非一般的印第安人所具有的那种黝黑的健康肤色，而是无血色的病态。她经常眼神忧伤地盯着地上。

凯瑟琳用手和一把小木梳为她梳头发的时候，她就安静地坐着，有时候也会将双眼抬起，带着忧伤的微笑看着这位新朋友。还有一次，她将凯瑟琳的双手抓住，轻轻地放在胸前、嘴唇和前额上，把自己的感激之情表达出来。她很少说话，眼神相当空洞，似乎在看着什么遥远的地方。她心里似乎没想任何事情，脸上是一片迷茫的神情；又或是想了非常多的事情，脸上才一点儿表情也没有，就如同一个几周大的婴儿一样。

凯瑟琳急切地端详着她，想明白她的心思。这个聪明的加拿大姑娘，这个聪明的家族的后裔，将自己感兴趣的事物全都指给她的这位印第安朋友看，借助于此方法来教她学习自己的语言！

每次她将一样新东西指给她看时，都说好几遍那东西的名字。慢慢地，那个姑娘将木屋里任何一件物品的名字都记住了，还用土语轻声地重复着。每当学会一个新词，她都会相当清楚地念出来，然后会高兴地哈哈大笑。此时，她之前那种怔怔的、忧郁的目光消失不见了，一种天真无邪的快乐从那漂亮的黑眼睛里闪现出来。

对凯瑟琳来说，教自己的这个学生说话是一大乐趣。她经常将印第安姑娘领到树林里，看到一样事物就教她一样。同时印第安娜（这是大家为这个印第安姑娘起的名字，凯瑟琳的爸爸曾经提到过一个叫印第安娜的女黑人，另外，他的那位上校有个女儿也叫印第安娜）也在凯瑟琳的要求下，反过来教她每样东西的印第安语名称。在相当短的时间内，印第安娜对于教凯瑟琳和两个少年学印第安语产生了兴趣，每逢听到他们念得古古怪怪时，她就会乐不可支。

每当她真的对一件事产生兴趣的时候，她的双眼会放光，流露出迷人的微笑，那高兴的神情就如同一个小孩子一样。她嘴唇红润，牙齿洁白，在此之前，凯瑟琳从不曾见过如此白的牙齿。有时候，她也会闷闷不乐，此时脸上就是冷冰冰的神情，眼睛里有点儿湿润，饱满的嘴唇也噘起来，整个人就会显得僵硬、刻板。这段时间被路易称为此年轻印第安女子的"黯淡时光"。此时，她通常安静地沉默着，固执而倔强，似乎其内心中野蛮人的本性又占了上风，这就导致温柔的护士既不敢接近她也不敢看她。

路易说："海克托，你曾说自己看到印第安人营地有一个水罐，那可是一个宝贝，不如我们将它取回来吧。"海克托表示同意。"而且，我们或许还能再弄点儿玉米，就是你拿回来的那种。"

海克托说："要是此时就是春天，我们二人可以开一块地，将这个玉米棒子种下去。"说着，他就坐在一根木头上，开始数棒子上的玉米粒。

"每粒玉米就会长成一棵玉米。"

"一共三百一十个玉米粒，倘若每粒玉米都能长成一棵好玉米，那可太多了，可以留下一年的种子。不过，前提是年景要好，那么我们就会获得余下的玉米来吃呢。"

"太好了，兄弟，是的，说不定我们还能收获相当多的庄稼，凯特可是个做速饱[1]的好手。

"你忘啦！我们没有熬粥的锅呀。"

"因此，我总是想将那个印第安水罐拿回来呀！倘若它能经得住火烧，有了它，我们就可以做出好饭来。快走吧，快点儿，我迫切地想将它弄回来呢。"

路易向来喜欢奇思妙想，现在更加活跃了。一路上他蹦蹦跳跳的，这让海克托心神不安，他提醒路易，或许那个水罐早就被打破了，或许它早就被印第安人拿走了。不过路易压根不听，他才不愿意因为胡思乱想而让自己烦恼呢。

到山顶一看，罐子还完好地放在那儿，不过显而易见的是，

1　作者原注：速饱大概是个印第安词，指麦片粥，是印第安人的主食，是加拿大人和美洲农夫家中最常见的食品。

127

它被不知什么动物打翻了，但是完好无损。更让弟兄二人惊喜的是，水罐的材料与其见过的任何一种陶器都不一样，似乎是掺和了花岗石细末的黑红土，其表面有一层粗糙的釉质，整个罐子的风格粗犷，厚重结实，似乎用锐器修整过似的。

罐子是用火烧制的，一侧还存在着烟熏的痕迹，明显是做过炊具[1]的。不过，现在想将罐子好好地加以利用还为时尚早：这种罐子原来并非放在火上烧，而是用热灰将其围上，再将烧红的石头放进罐子里的水中来烧水。

做汤和其他食品也是用同样的方法，锅快开的时候就无须再添石头了，此时，仅需将几根枞树枝放入热灰里就可以了，有时候，还可以将一块加热的石头放在罐子上面。

作为纯粹的法国后裔，路易对陶器相当痴迷，事实上，他的确有自豪的资本。有了这个可以说是泥的、也可以说是石头的罐子，他们做饭的条件就发生了很大的改变。于是，大家又纷纷称赞教海克托用罐子的印第安娜。

印第安娜还想出一些新方法来加工猎物的皮子。现在，他们手中的皮子相当多，足可以用它们来做衣服、帽子、绑腿、手套

---

1 作者原注：这种陶器碎片在内陆湖边有很多，但我从未见过完好的还在使用的印第安锅，可能是因为现在从欧洲移民那里买到铁锅和瓷锅比较容易吧。

和其他东西。

　　凯瑟琳还在印第安姑娘的指导下，学会了识别路边许多的灌木和药草，学会了识别不同树木的树皮和树叶，并从中将染料提取出来。凯瑟琳用提取出来的这些染料将做篮子和垫子的树皮条和羽毛管都染上颜色。

　　有一种上面结着红色的浆果的常青藤，他们从印第安娜口中得知其浆果非常好吃。它的叶子还可以泡成茶，用来作为补药。然后她将把藤上的叶子碾碎，兴奋地吸着叶子散发出来的一种香气。她还告诉大家，在治疟疾和发烧方面，野黑莓的内侧皮非常有效，而将其千年不烂心的根切下来放在鹿油或其他动物的油里煮一下，就可以成为疗伤的药膏，尤其对于治疗烧伤有相当好的效果。

　　有时候，印第安娜表现得十分神秘，将一些大家都不认识的药草摆弄出来。凯瑟琳数次发现，她在做饭的时候将汤泼到地上、大树或灌木下面。直到凯瑟琳教会印第安娜说自己的语言后，她才得知，她之所以这样做，是在对善良之神表示感谢，原因是神让她打猎获得成功；同时，这样做也是为了讨好邪恶之神，因为若不讨好这位大神，他就会将厄运、灾难或疾病带到他们身边。

　　印第安娜三项主要的心智活动就是观察、记忆、模仿。一旦她对某个事物产生兴趣，她就会相当仔细地去观察；一旦理解了，

她就会牢牢记住。她的记忆力相当惊人，走过一遍的路，她不会再忘记，而且可以借助一根羽毛分辨出不同种类的鸟。

她的模仿能力也非常惊人。她干起活来非常有耐心和毅力，倘若高兴，她就会永不知疲倦地干下去，直到将事情做完。每当此时，她就会兴奋得双眼放光，欣喜的光芒在乌黑的眼睛里闪烁着。不过，她不会创新，对于看到过的事情，她模仿几次就会做，却不会想出新办法来做。

有时候，她显得温顺又顽皮，感激大家对她的好意。她越来越喜欢凯瑟琳，经常为她做不同的小事，为的是让她高兴。不过她对于海克托最为尊重：不管是水果还是鲜花，毛皮还是莫卡辛鞋，或者是稀奇鸟儿的羽毛，她都要第一个献给海克托，因为她将海克托视为主人和保护者。

在她眼中，海克托是部落的"酋长"。她收拾着海克托的弓，在上面装饰奇怪而精致的小玩意儿；她为海克托做箭；还为他的刀特意做了一个专用的鹿皮刀鞘。此外，她还亲手为海克托做了一个桦树皮箭壶，平时擦得干干净净的。每逢海克托出外打猎的时候，他就用皮条把箭壶挂在脖子上。

印第安娜为海克托起了一个绰号"小鹰"；她称路易为"尼赤"，就是"朋友"；而对于凯瑟琳，她为其起了一个相当诗意的名字——"马瓦奥石"，即"风之音"。

可每当大家询问起她的名字时，她就会沉默地把头低下，满脸忧伤。不过，大家喊她印第安娜，她回答得相当干脆，好像她特别喜欢这个名字。

除了海克托，乌尔夫是她最亲的朋友。开始的时候，乌尔夫对这个新来者还有所提防，印第安娜抚摸它的时候，它似乎很不安。不过慢慢地，它们就成为了形影不离的朋友，印第安娜因为这件事高兴极了。她经常如同一个东方人一样，盘腿坐在木屋的地上，让乌尔夫的大脑袋放在自己腿上，嘴里哇里哇啦地与这个不会说话的伙伴一说就是好长时间。似乎只有将自己痛苦而伤心的故事讲出来，她心里才会好受一些。

凯瑟琳每天都会准时沐浴，而且还劝说印第安娜也要这样，并声称这么做对她有益。不过，这个年轻的姑娘好像不喜欢这么做，认为根本没有必要，不过慢慢地她也就习惯了。

没多久，她就喜欢上了梳头发，每天都要让凯瑟琳为其梳辫子，而且还要将辫子抹得又光又软。为了以示感谢，她就送一些小玩意给凯瑟琳，像蓝鸟或红鸟的羽毛啦，林鸳鸯的羽冠啦，金翅鸟啦（这种鸟由于胸前有乳白色的圆点，故被印第安人称为射鸟）[1]。

不过，她也不仅是送小玩意儿给凯瑟琳以示感谢，没多久，

---

1 作者原注：啄木鸟的一类，样子十分好看，主要吃水果和昆虫，据说可吃。

　　她还学会了做家务，如此一来，凯瑟琳的负担就大大减轻了。

　　她会用动物皮子做衣裳，于是就教凯瑟琳怎样将皮子裁好再拼起来，不过，这都是冬天的事儿了。我们还是先将其放到一边吧。

第 7 章

为生存而奋斗

向蚂蚁学习。

——谚语

九月中旬，是季节的交汇期。此前一阵子，始终是晴朗的好天气，清晨的时候，雾气弥漫，到了晚间，则露水滴答。到了九月以后的这几天，就时不时地刮起呼啸的大风，同时伴着倾盆大雨扫过湖面，早晚的时候常常是又湿又冷。

秋天的脚步近了，湖心小岛上的橡树叶子已经变得绯红，枫树叶绚丽的火红和杨树叶深绿的青翠互相映衬，相当美丽。尽管美丽，不过事实上还没有到最美的时节，只等一夜秋霜将最美的景色带来。当树叶被随之而来的暴风雨吹打到大地上之前，这些树木还会将最后的一片灿烂送到人们面前，让人眼前一亮。

一个暴风雨刚过的早晨，两个少年来到湖边，在那儿，路易准备了一只小木船，防止天气发生变化。此刻，此二人想看看能不能将船划到湖上。湖上大浪滔天，急流滚滚，他们认为自己不具备在这类湖上划船的本领，于是，他们就站在湖边向四周观看着五颜六色的树叶。

突然，海克托发现，远处有一个黑点在距离他们最近的两个岛屿之间上下飘动。黑点被强劲的东北风吹得越来越近。开始的时候，他们认为是一根松树枝，后来才发现，那竟然是一只无人操控的桦木舟。小舟孤零零地飘荡在湖面上，二人觉得特别奇怪。开始的时候，他们害怕是印第安人来了，一看到独木舟就想找个地方躲起来。不过，出于好奇，他们决定留在湖边静静地观察。

海克托盯着在波浪中打转的船，看了很长时间后说："船主或者是睡着了，或者不在上面。船上无桨，肯定没人。"在确信小舟上无人之后，二人飞快地跑到湖岸。此时，巨浪已经将小舟推到岸边，夹在两棵雪松树中间。

路易的身子轻，于是爬上岸边的雪松树，试了试那根伸出去的树干是否足够重，感到放心后才爬了过去。海克托将一根结实的树枝递给他，于是路易就将小船拨到了岸上。因为害怕风浪再次把它卷走，二人就将其搬离水远了点儿。路易高兴得大喊大叫："海克，快来瞧瞧，船里还有东西呢！都是好东西！"

海克托一边帮路易将东西从小船里拣出来逐一摆在湖滩上，一边问这是什么宝贝。

两个少年对清点的结果大喜过望。他们在小舟里发现的是：一坛子干大米，一把印第安人的战斧，一张崭新的印第安毯子，一张相当大的用几英尺椴树皮条捆扎的垫子，尤其珍贵的是一个装着不少印第安稻谷的三足铁锅。

很明显，船主必定是一个印第安猎人或毛皮商人，或者是主人偶然落水而亡，或者是没有将船泊好，结果它就被大风吹到了

这儿。这明显就是不能加以验证的猜想。二人高高兴兴地将这些天赐的礼物收下了。

路易说："那棵老雪松是昨晚被吹倒在水里的，我们得到了它极大的帮助。倘若不是小船被卷入漩涡，又恰好被刮到雪松树中间，我们压根不可能抓住它。我当时一看它被风吹得团团转，就觉得它不是沉没，就是要漂回小岛。"

海克托说："我那时认为，或许可以在松树台抓住它，不过也是赶巧，它被雪松卡住了。你将它拖过来的时候，有一两次我甚至都担心你会掉到水里。"

"无须为我担心，伙计。说起爬树，就连猫都没法与我比。不过，这个锅可真是太好了！凯瑟琳必定可以做出最好的汤来啦！太好啦！"说着，路易将他那顶精致的狐狸皮新帽子扔到了半空中，然后蹦蹦跳跳地跑起来。已经十五岁的路易此刻如同一个小孩子一样，又唱又跳，又笑又喊，他快乐的叫喊声回荡在整个小岛和小山里。一直都很严肃的海克托也被他感染了，看着得意的路易，也不由得大笑起来。

海克托守着小船，路易兴高采烈地回去叫凯瑟琳，让她看看小舟、铁锅、稻谷，还有毯子和战斧，也高兴一下。印第安娜也跟着来了，她将小船和里面的东西仔细地检查了一遍，然后逐件翻检，时而像印第安人一样惊叫着，最后，她在船底发现了半根断桨。

　　根据这半根断桨，她好像猜出了个大概，她边打手势边结结巴巴地说，小船的主人或许是个印第安人，船桨断了。在捞桨的时候，此人翻到湖里淹死了。她指给海克托看船上的一只鸟的图案，那只鸟雕得十分粗糙，上面涂着蓝色。她说，此图案是一只乌鸦，那是一个部落酋长的图腾，那个酋长的名字就是乌鸦。

　　大家将东西分开，打算赶紧拿回去。

　　印第安娜用毯子将大部分东西一包，再用那根椴树皮条绳子一捆，非常轻松地就将一大捆东西背起来了，如同一个伦敦或爱丁堡的装卸工。一路上，她走得相当轻快，时不时回头向大家笑一笑，就这样，她爬坡上崖，还将大家甩下了相当长的一段路。

　　当天晚上，印第安娜就用小舟里的干米做了一顿印第安风味的米饭，大家都很爱吃。他们就着肉干大吃了一顿，他们已经好多天不曾吃到面包了，新风味算是对他们的补偿吧。

　　印第安娜告诉大家，湖上的稻子就要熟了，现在要是弄一只小舟到湖上去，就能收获足够数月吃的稻子。

　　木屋里的人们常常谈论起小船。海克托郑重地说，最重要的是印第安稻谷。"有了它，我们就可以连着几年都有庄稼、面包和谷子了。"他说。从家里带来的那把斧头已经非常钝了，他对那把印第安战斧称赞不绝。

　　路易对铁锅和小船都很看重，海克托却认为，有筏子就用不

着小船，再说，印第安娜也答应要帮他们造一只船。凯瑟琳则非常喜欢那张毯子，洗干净之后，就可以给她和印第安娜做件贴身衣服。加上鹿皮裹腿和毛皮外套，两个人就能穿得舒舒服服了。

印第安娜觉得小船最可贵，也特别喜欢那只坛子和大米。她也喜欢那根绳子，因为它很快就在搬东西的时候派上了用场。搬东西的时候，她还是照印第安人的办法，在东西下面放一块软皮子，把绳子拦在皮子中间捆起来，然后就能轻松地背起很重的东西。至于那张垫子，她说可以拿来晒米。

第二天，两个姑娘就用海克托的刀子做剪刀，把毯子裁开，做了两件舒舒服服的衣服，样子也还能看：宽大、较短、有花边的裙子垂到了膝盖以下，上衣是镶毛皮的马甲，小鹿皮的裹腿在脚踝处打了个结，一根松鼠皮的带子在莫卡辛鞋上面，一身新奇的装束就这样完成了。

两个姑娘互相看看，都感到十分满意。少女的虚荣心都是一样的，她们自豪地走出来，给海克托和路易展示她们的新装。两个小伙子觉得不能再棒了，争先恐后地称赞她们的裁剪手艺，都惊叹她们怎么能用那么简陋的工具，做出这么好的衣服？

阳光好的时候，平整的、深红色湖床上一派金黄，就像金黄的沙岛，与碧蓝的湖水相映成趣。成熟的谷穗沉甸甸地垂着头，预示着收获稻谷的时节到了。印第安娜带着年轻的探险者们划船到湖上去采摘稻谷。凯瑟琳和乌尔夫留下来看守木筏，木筏子系在凸伸到湖面上的一棵小树上，成了一个登陆点，也如同一个既可以站立也可以钓鱼的小码头。因为小舟载不了很多的人，凯瑟琳就待在木筏子上，一边钓鱼一边等大家回来。

收稻谷其实很简单。一个人把小船划到长稻谷的湖床边，另一个人一手拿根棍子，一手拿着弯弯的、边上已经削利的断桨，弯腰趴在棍子上把稻穗砍下来；关键是要把谷穗砍到船舱里。这其实就像割草人拿镰刀割草一样，稍加练习，兄弟俩就熟练得像个行家了。

几个少年干起活来欢声不断、又唱又笑，每天，他们都驾着装满稻谷的桦树皮小船在湖上穿梭，就这样收了几百斤稻谷。这些谷物足以支撑他们度过严酷、漫长的冬天了。

那只小船发挥了巨大的作用，驾着它，他们还可以到深水区去捕捉北美狗鱼和黑鲈鱼。依靠着这只小船，他们捕获了许多鱼。

印第安娜一旦驾起船来就如同换了个人，她跪在船头，手里拿着自己做的木桨，飞快地划着。平时怔怔的黑眼睛此时也会快乐地忽闪着，她将自己洁白的牙齿露出来，迷人地笑着。

看着这个大自然的孩子，看着她沉浸在体力劳作的欢乐中，大家也感到非常高兴。对于她的力量和技巧，同伴们只能羡慕。

对于印第安娜驾舟、钓鱼、使用弓箭的本领，就连路易都不

得不承认，她的水平比自己和海克托更高。海克托对其技艺更是心悦诚服，简直是佩服得五体投地。

路易大笑着说："每个人都有一项本领，这个印第安姑娘从小就习惯于做此类事情。倘若让她学缝衣服、纺线、挤牛奶、干家务、读书，恐怕对她来说，就连凯瑟琳和马蒂尔德的一半也比不上。"

印第安娜自告奋勇地将收拾大米的活儿承担下来，不管是晒干、脱粒还是储藏，她都一个人承揽起来。在她的吩咐下，路易和海克托协助她干活。她将几个带杈的树枝砍下来，削尖钉到地上，在树杈上放上四根棍子，如此一来就形成了一个架子。再将那张椴木垫子铺在架子上，为了稳定起见，还将四个带杈子的小木桩添加进去。然后，她将一层大米薄薄地铺在大垫子上，在下面点上火，不过，这需要人看着，以免烧着了。

由于火灰的热量，因此，发热过程缓慢而持久，她又让两个小伙子捡来树枝，在火堆四周围起来，将热量集中起来烘烤大米。同时，她自己还时不时地用一个长柄木铲子搅动大米。

大米干透之后的工作就是去壳，每一次，印第安娜仅需将少量大米放进铁锅，再用木碾槌在铁锅边上慢慢地碾就可以了[1]。如果

---

1 作者原注：印第安人经常使用一种很粗糙、很原始的石臼。即掏空椴木树桩，再配上木碾槌，用来舂米。

没有铁锅，也可以用木槽子。

大米脱皮之后，她将轻飘飘的谷壳用一个如同筛子一样的篮子筛出去，然后，将米粒装进她提前缝好的用树皮做成的口袋里。还有一部分大米则是先倒进热锅里，再将铁锅放在热灰上，不停地搅拌，直到大米裂开，然后存起来。印第安人经常如此存放的大米，它们被当作面包干来食用。

现在，不同种类的水禽在湖里到处游弋。早晚之间，成群结队的鸭子在湖上飞来飞去，有时候，鱼鹰或老鹰也在湖上盘旋着，其气势相当凌厉，于是，鸭子们就马上飞落到平静的湖面上，一片片水花被激起。

湖岸上都是水鸟，它们主要的食物就是微风吹落的橡子，那些橡子已经彻底成熟。鸭子们的美食是山茱萸的浆果，当然，野生大米是鸟儿最喜爱的食物。那些来自遥远的西北部的鸟儿们，还可以吃到小小的带壳水生动物和众多昆虫的幼虫。

鸟儿们千里迢迢飞来此地，完全是由于它们的一种本能，一位现代女诗人曾极优雅地将这本能称之为"上帝给弱者的馈赠"。

第 8 章

印第安人的战争

啊！来听听吧，黑人女子的悲惨遭遇。

——柯勒律治

一见水禽飞到湖上，印第安娜就兴奋起来。看着湖面被黑压压的水鸟覆盖着，她如同孩子一般又笑又叫。

每当看到水禽在湖面上嘈嘈杂杂地起落，海克托就会这样说："如果爸爸的那杆枪在这儿就好了。这些鸟儿胆子太小，落的地方太远了，弓箭压根无法射到。"

印第安娜平静地笑了笑，然后，就忙着将绿树枝插在小船四周，将小船打扮得如同一个常青的小岛。她让海克托躺在里面，并在其前面留有一个可以射箭的小孔。然后，她自己也藏在船头，轻轻地、无声无息地将小船划进野稻丛里，或者不动，或者任由小船自己漂荡着。

鸟儿们压根不曾觉察到危险，争相在四周飞来飞去，时而飞翔在平静的水面上，时而飞翔在距流水几英尺的地方，这样一来，藏在树枝后面的海克托很轻松地就捕到了一只黑鸭、一只短颈野鸭和一只啸鹤。湖上随处都是飞禽，用这种方法可以打到许多野鸟。

印第安娜告诉海克托，现在就是印第安人在湖上举行射鸭大会的季节，那情形与刚才描述的情景差不多，不过，通常并非一只小船，而是很多的小船聚集在湖上，其上覆盖着绿树枝，从而可以轻松地捕捉鸟类。其他小船则停在湖上隐蔽起来，静静地等待。活动最后，通常会举行一个盛大的宴会。

打来的第一只鸟，通常会成为献给大神的祭品，用以对大神的慷慨表示感谢，感谢其让人们获得丰足的食物。有时候，关系好的部落也会得到邀请，从远方而来一起捕鸟，享用猎物。

这段时间，他们始终以水禽肉果腹。在收拾水禽肉的时候，印第安娜教给凯瑟琳非常多的本领。譬如，将羽毛拔下来，做成披肩和小帽子上的装饰品，不但轻暖而且漂亮；可以将暂时不吃的肉劈开来，晒成干储存起来。她们还利用谢特兰德人和奥克尼人熏塘鹅的方法，将一些鸟肉熏制起来。这样一来，他们的小木屋子被各种肉、几筐野大米和几袋干果子堆得满满当当的。

一天，印第安娜从山顶的陡坡上跑下来，告诉大伙儿很多小船将东边的湖面占满了。她先是将两只手举起，接着伸出三个指头，表示是有十三个。很明显，印第安部落一年一度的野鸭会和收米会开始了。她建议大家马上将火扑灭，避免被人看到烟。还说印第安人或许暂时不会离开大湖去平原打猎，因为营地就扎在大河河口以东的低台上，印第安娜将那个地方称为"奥托纳比"。

海克托问印第安娜，倘若碰见自己的族人，她是否要离开大家。印第安娜默默地低下头，脸上满是伤感。

海克托又问："倘若他们就是你的族人，或者是你们的友好部

落，你会与他们一起走吗？”，印第安娜相当郑重地回答：“印第安娜一无父亲，二无部落，三无乡民。我身上流淌的父亲的血仅能温暖自己，而不可能将这温暖分享给任何一个男人、一个女人，甚至一个小孩。不过，印第安娜是勇敢的，作为一个勇敢的女子，我不会畏惧危险。我的心是火热的，鲜红的血正沸腾着流过这里。”说着，她将双手放在心口。

然后，她又将手举起，缓慢且激昂地说：“除了这里流的血之外，我的部落已经没有任何一滴有生命的血了。”

说完，她将双臂高举，将头抬起来向着天，或许是在呼唤上天为自己的父亲复仇。“我父亲是莫霍克人，他是一个伟大的首领的儿子，任何你们用双眼可以看见的、太阳照到的地方，都是他的狩猎地。不过，奥吉布瓦人使用阴谋诡计，趁我的族人们手无寸铁、毫无防范的时候偷袭了我们。他们杀了成千上万的族人。那是一个残酷的日子，那场大屠杀充满了血腥。”

海克托和路易听罢，都想将印第安娜藏起来，不过印第安娜声称，自己可以做个暗哨，躲在悬崖边上的树丛里，监视那群印第安人的一举一动。她告诉海克托，倘若印第安人向木屋走来，不要害怕，更不要躲，他们要喝水就给他们水喝，要吃东西就给他们东西吃。

“若他们到你的屋子来，发现你们跑了，就会怀疑你们对他们

146

心存恐惧，反而或许会将我们的食物抢走，要将我们的木屋烧掉。倘若勇敢一点儿，他们反而不会损害你们。只要他们吃了你们的东西，他们就不会伤害你们。不过对我，他们必定会毫不留情。因为他们对于勇敢者的女儿存着一种本能的憎恨。"

两个少年觉得印第安娜说得对，他们不再感到害怕。只是，凯瑟琳纵然与乌尔夫一起藏在木屋里，也还是心存恐惧。

印第安人完全沉浸在打猎聚会的狂喜中，看来相处得也十分融洽。每天晚上，他们返回大湖北岸的营地后，就将大堆的篝火点起，隔着大湖都能将他们看得清清楚楚。在寂静的夜里，他们狂欢时的喧闹声不时会被微风送过来。

印第安娜那天说的有关自己的故事尽管相当零碎，不过也引起了大家的兴趣。几个月后，她就把那个相当可怕的故事讲给朋友们听，那是一个关于其族人被屠杀殆尽的故事。

下面，我就将此故事转述给读者朋友们，我认为你们必定特别想知道。不过印第安娜讲给这些少年鲁滨孙们听的时候，断断续续的，读者朋友们可能看不明白。所以，我将故事重新组织了一下，写在下面[1]：

---

1 作者原注：这个故事是从莱斯湖的一位酋长的长子那里听来的。下面的故事其实不是印第安姑娘的叙述，而是那位酋长长子的叙述。故事虽语焉不详，可都是真实的。

　　奥吉布瓦族和莫霍克族一直以来就不和，这种矛盾就如同一堆暂时被压下去的火在暗暗燃烧，始终不曾爆发出来，原因是二者都想用计将对方消灭。莫霍克人将莱斯湖南岸作为自己的狩猎地，将湖上的几个小岛和部分水域作为自己的捕鱼区，而奥吉布瓦族则宣称，他们才是莱斯湖北岸和剩下的莱斯湖水域的主人。由此，引发了以后所有的争端。不过，纵然真的如此，酋长"黑蛇"（黑蛇是莫霍克酋长的图腾）和"秃鹰"（秃鹰是奥吉布瓦族的图腾）也不会予以承认。

　　两个酋长各有一个儿子，秃鹰酋长还有一个非常美丽的女儿，她被族人们称为"清晨的阳光"。她不但得到奥吉布瓦人的喜欢，就连莫霍克人也喜欢她，两族的众多小伙子都想娶她，不过都不曾如愿。黑蛇酋长的儿子对其美貌最为倾慕。或许是为了帮儿子赢得奥吉布瓦美女的心，黑蛇酋长对秃鹰酋长的正式邀请表示接受，双方约定，于收获的季节在莱斯湖畔会猎，打鹿射鸭。为此，两个部落暂时宣布和平，持续多日的备战也一时得以停止。

　　不过，两个人仅仅是表面上的友好。事实上，黑蛇酋长正满腔怒火呢，因为他对奥吉布瓦族酋长父子恨之入骨。秃鹰酋长的儿子相当出众，是部落里公认的好猎手，也是一位公认的了不起的勇士。

　　一次，一个莫霍克族的小首领，即黑蛇酋长的一个姻亲，打算将自己的女儿嫁给他。但遭到小伙子的一口回绝，此举将黑蛇酋长得罪了。表面上，黑蛇酋长好像将此事淡忘了，也原宥了秃鹰酋长的儿子，然而事实上，他始终怀恨在心。

　　会猎刚开始时，大家还能保持一团和气，彼此和睦相处。

　　一天，依照印第安风俗，秃鹰酋长到黑蛇酋长的帐篷拜会。一进帐篷，他就发现黑蛇酋长非常慌乱，刚从座位上站起来，就五官扭曲、大瞪双眼，全身痉挛地跌倒了，然后在地上翻滚着，发出尖厉的呻吟。

　　秃鹰酋长大吃一惊，就问发生了何事，不过黑蛇酋长什么也不说。在折腾了相当长一段时间后，黑蛇略微安静了一点儿，不过依旧一声不吭，表现得喜怒无常。次日，他的表现还是和前一天一样，似乎更厉害了，压根不能将自己控制住。不过，他却将事情的起因说了出来，声称是大恶神告诉他，他的苦痛将不会停止，除非将奥吉布瓦族酋长的独子作为牺牲品献祭，他的愤怒就可以平息。倘若不如此，两个部落之间的和平就不会持久。

　　他声称，大恶神不但要秃鹰酋长的儿子作为祭品，还要求酋长亲自将自己的儿子杀死，并且要亲自主持吃儿子肉的仪式。秃鹰酋长听了非常生气，纵然是为了自己部落的幸福，他也不想这

么做。可如果不这样做，两个部落就不能和平相处，莫霍克人和奥吉布瓦人就始终是对头。

秃鹰酋长看出阴险的黑蛇酋长是在为开战寻找借口，不过，自己的部落一点儿也没准备。于是他假装平静地回答："不服从大恶神意旨的部落酋长会被大恶神的罪恶附体。我可以将自己的儿子作为祭品亲手献上，如此一来，黑蛇酋长就会安康，人民也会安居乐业。"

狡猾的莫霍克酋长奉承道："秃鹰酋长真是一个宽宏大度之人呀！可是，大善神也出现了，他声称，倘若秃鹰酋长的女儿与黑蛇酋长的儿子成为夫妇，那么，战斧就会丢弃一旁，和平就会永远存在。"

秃鹰酋长相当有礼貌地说："我愿意让您的儿子青松娶到我女儿清晨的阳光。"他表面上好像很平静，其实，在心里将黑蛇酋长恨死了。

最凄惨的那一天到了。秃鹰酋长如同斯巴达人一样，不曾落下一滴眼泪就将刀刺进了自己儿子的心口。就这样，准备好了可怕的人肉宴席，脸色苍白但坚定的老酋长亲自主持了献祭仪式。大家跳起雄壮的舞蹈，如同可怕的献祭不曾发生过似的，不过，实际上更为可怕的报应就在眼前。

当天晚上，青松就进入了秃鹰酋长女儿清晨的阳光的帐篷。

作为了不起的黑蛇酋长的儿子，作为众多小伙子中唯一的成功者，他理所当然得到了热情的接待。他因她的美貌而心醉，他也提要出求，那就是几天后要举行婚礼，未来的新娘表示同意。为此，双方确定了一个好日子，打算好好庆祝一下此事。莫霍克族的重要人物都收到了请柬，差不多有成百上千人。不过，年轻的奥吉布瓦猎人看似在各地奔走，准备肉食和其他美味，实际上，暗地里却将居住在湖边的小部落召集起来，打算给对手致命一击，从而报仇雪恨。

妇女们忙着将结婚用的帐篷和新娘的装饰物收拾起来。她们将一个大帐篷搭建起来，差不多可以将任何一位莅临的宾客都容纳进来。帐篷里摆满了大串大串的常青树枝，那树枝相当繁茂，其后可以隐藏下奥吉布瓦族全副武装的战士及其盟友们。士兵们手持战斧和剥皮刀，提前藏到了厚厚的叶子后面，准备对手无寸铁、毫无防范的宾客们下手——按照印第安风俗，举行婚礼的这一天，武器全都要被放到帐篷外面。

新郎载歌载舞地进入新娘的帐篷。几百名客人上身赤裸、涂油抹彩，聚集在帐篷里。宴会正式开始了，一口大铁锅位于帐篷中央。依照印第安风俗，新郎的父亲要上前将最重要的一道菜由锅里盛起，然后被勇士们围着跳舞。那最重要的菜一般是一只系着绳子的熊头，很方便地就可以从锅里拿出来。

"请黑蛇酋长——莫霍克大酋长将熊头拿出放上餐桌，以便让大家用餐，从而让他本人也心情欢畅。"秃鹰酋长嘲讽地说。

突然之间，黑蛇酋长大叫一声，他从锅里捞出来的并非熊头，而是他自己儿子血淋淋的人头，是奥吉布瓦族酋长可爱的女儿那喜气洋洋的新郎的人头。

秃鹰酋长喊道："哈！莫霍克大酋长是个女人吗？看到儿子，看到新郎的头就脸色发白、浑身发抖啦。当我秃鹰在自己儿子的心口刺进刀子的时候，可是不曾叹息和呻吟呀。来吧，兄弟！将刀子拿起来，品尝一下自己儿子的肉吧。你如果愿意将勇士的肉分给秃鹰酋长一块，酋长也一定不会推辞。"

可怜的黑蛇酋长一头跌倒在地，放声痛哭。不过，他的哭声得到的回应是埋伏在四周的奥吉布瓦勇士的喊杀声，他们纵身而出，向客人们扑过去。客人们赤手空拳，都吓呆了，于是，很快就丧生在愤怒的勇士们的刀下。后来，总算有一个黑蛇部落的人逃回来报信，他说，正是印第安姑娘清晨的阳光，将毫无防备的新郎的头砍下，为其惨死的哥哥报了仇。

屠杀并未到此结束，这伙奥吉布瓦人将对手的船只夺取到手，仍旧怀着未尽的仇恨顺流而下，飞速到达了没有参加婚宴的莫霍克族老幼妇孺的营地。莫霍克人毫无防范，也压根没有抵抗之力，就如同绵羊一般被屠杀了。

　　奥吉布瓦人当场就将无法计数的老人和小孩杀死了，也有很多青年和老人为了活命，不得不投降了。可就在此时，一位年轻的勇士由于看到亲人被杀而愤怒到了极点，于是举起大棒和战刀，在其亲人遇害的帐篷门口和盛气凌人的奥吉布瓦勇士们厮杀起来。她的黑眼睛里闪着仇恨的怒火，讥讽着那些躲进妻子帐篷的男人。她纵然只身一人也十分勇敢，她要战斗到底。

　　虽然她曾对男人给予尖刻的嘲笑，男人们还是退缩了。仅剩她一人面对强敌，直到最后寡不敌众，身受多处重伤，不得不唱着自己的死亡之歌跌倒在地，为其周围的死难者放声大哭。夜幕降临了，不过屠杀还在继续，最终将一切投降之人也都杀得干干净净，敌人才开始打扫战场。

　　在另一个地方，他们又发现了一个莫霍克族人的营地，于是又将那里的人杀光了。然后他们回到岛上，清理战场，将战利品分发下去。他们杀戮了整整一天，感到累了，同时，其嗜血的本性也在短时间内得到了满足。

　　结果，再回去的时候，他们发现一个年轻的女孩孤单地坐在那个宁死不屈、战斗到底的女人的尸体旁——她的妈妈就是那个勇武的死者。于是，勇士们将其拉开，想尽办法要感化她。他们将她带到女人们住的帐篷里，为她换衣服，端来饭菜，叮嘱大家好好地照看她。

　　不过，年轻姑娘的心里如同着了火一般，她拒绝得到怜悯。她无法忘记族人们的惨死：作为岛上唯一幸存的莫霍克人，她就是年轻的姑娘印第安娜，即海克托·麦克斯韦尔发现的那个身受重伤的女孩子，那个被绑在秃山上几乎要渴死、饿死的印第安娜。

　　印第安娜的心里燃烧着复仇之火，她说，自己悄悄地摸进了秃鹰酋长的帐篷，将刀子架在了酋长的脖子上。不过，没想到的是，自己被他们抓了起来。大家立刻开会决定，将其捆绑着扔在秃山上。

　　凯瑟琳确实被这么可怕的故事吓坏了。两个少年也听得脸色苍白，印第安娜明显地能感到大家的恐惧。然后，他们坐在树下，在轻盈的月光的照耀下，凯瑟琳真诚地为其讲起仁慈，讲起宽恕。

　　她告诉印第安娜，她一定要学会替那些让其父母双亡、家园被毁的可怕的人们祈祷，从而将复仇之火消除在心里，仅余永存的爱。

　　对于印第安娜而言，这一切真是相当困难。因为这与其本性水火不容！而且，这也和其来自父辈们帐篷里的教育完全不同，在那个地方，复仇就是德行，荣耀就是将敌人的头皮剥下！

　　她只好承认，这些朋友们更值得他人爱戴和敬佩：不正是他们，将自己这个可怜的俘虏发现的吗？不正是他们，将自己的绑绳解开，并给自己食物吃，爱自己，对自己受伤的心予以安慰，用家人般的爱将其灵魂里不安的复仇之火熄灭的吗？

第 9 章

岛上历险

　　　　　猎人的号角回响于群山之巅。

　　　　　　　　　　　　　　　　——爱尔兰歌谣

　　印第安人仍旧在湖上射鸭打猎，有时，为了打鱼而将火把点着，那场面是如此激动人心。海克托和路易此时几乎忘却了自身的危险，他们二人在大溪谷的悬崖上或坐或躺，相当有兴趣地欣赏着湖上的围猎。有一两次，印第安人差一点儿发现他们——他们因为印第安人娴熟的打猎技巧而忘乎所以，以至于大声叫起好来。

　　晚上，印第安人的船只都退回北岸的营地了，大家才得以松一口气，在木屋里将火点起，为自己好好做一顿晚饭，同时也将次日的饭准备好。一连两周，印第安人都在湖上围猎。有一天，负责观察印第安人动向的印第安娜告诉海克托和路易，营地已然撤走了，印第安人已经沿河而上了，估计要几周后才能回来。凯瑟琳听说印第安人走了相当高兴。她在听了印第安娜那可怕的故事之后，对这些野蛮人更加恐惧了。对于这些将鲜血和复仇当作英雄行为的野蛮人，她怎么可能信赖他们呢？

　　只有一次，印第安人在拼命追一头熊的时候，熊蹿过了阿勒山附近的谷口，于是，他们迅速跑过他们的木屋。不过，由于印第安人全神贯注于追赶熊，压根没有注意到木屋。不过，就算他们当真看到了木屋，指不定会将其当作从前猎人们盖的屋子。

那时候，凯瑟琳独自一人在后面打水，被高高的山崖完全挡住了。印第安娜一看见印第安人进了山谷，就立刻将信号发给两个少年，两个少年马上隐身在湖畔浓密的雪松树丛里，从而躲过了印第安人。不过，印第安娜却无声地由树上跳到灌木丛里，到一丛藤蔓下面躲藏，同时将双眼闭上了。后来，据她自己说，这是由于怕敌人因为其眼睛里的光而发现她。

那是一段最艰难的日子，他们不但担心自己，而且担心年轻的莫霍克姑娘。事后，他们发自内心地祝贺她。年轻的印第安女子半是讥讽地问："白人弟兄们也畏惧死亡吗？印第安娜可是一个勇敢的姑娘，不惧死亡。"

十月的第一个星期，天气就相当冷了，时常伴有暴风雨。不过，雨季已经过去，因此晚上常可以看到北极光。在湖面上方的天际，极光由正北向东北形成一道光弧，光弧是那么柔和，而且异常美丽。有时候，光弧会直射向上，其淡绿色的光柱时而将星星遮住，时而又被星星遮住。星星始终在忽明忽暗的银色天幕后时隐时现。有时候，要是连续几天晚上都看到这种情景，那就代表此后的几天会有严霜，偶尔也会出现寒风和暴雨。

在印第安娜看来，极光是一种征兆，不过，她常常不说出此征兆是吉还是凶。只是涉及信仰，她都不想说更多，尽管在无意

中也会说几句。在她看来，倘若林中出现怪鸟或动物，或者出现不祥的叫声，或者还有其他任何迹象，都是死亡或厄运的预示，像猫头鹰的叫声、小鹿的咩咩声，甚至狐狸的叫声，在她看来都是凶兆；相反，见到飞鹰或听见乌鸦叫，在她看来则是吉兆。

她还对梦十分迷信，经常用梦来预测吉凶。借助于观察早晚天空的云朵，观察天上的种种迹象，甚至通过观察某些鸟类或昆虫的来来去去，她还能判断天气的变化。她的听觉非常敏锐，可以将各种动物的叫声分辨出来；她的眼睛更为敏锐，可以判断出动物的来来去去。

印第安娜说话的语调相当柔和、低沉，还带着口音，她喜欢模仿凯瑟琳哼的各种小调，虽然她本人并不知道意思，不过却能将调子唱出来，再加上她甜美的嗓音，因此，她与凯瑟琳合唱时，总能拨动听者的心弦。

此时正值小阳春的天气，空气相当柔和，太阳红红的，如同隔着一层雾。湖面如镜子般平静，其上罩着的是一层似有似无的蓝雾。湖里倒映着多种多样的飞鸟和两岸壮硕的林木。树叶被偶尔掠过的微风吹动，在寂静的树林中发出沙沙的响声。

在印第安部落看来，小阳春是收获的季节，在此季节里，他们会远涉美洲的各个湖泊、河流，开始一年一度的射鸭打猎盛会，同时还要收割野稻，储存好过冬用的鱼、肉、毛皮。印第安娜清楚，此时，那些人已经到了另外的一片狩猎地。这是因为印第安人的习惯总是一样，甚至不会发生任何变化。他们的父辈怎样，后辈们也怎样。

路易经常听印第安娜谈到奥托纳比河，于是，急着想去河口看看。他还特别想到湖对岸看看，从前是害怕印第安人才始终不敢去。路易说："找个好天气，咱们划着小船到湖上去看看那几个稍远一些的小岛，还可以沿着河向上游走走看。"

海克托则想查看每一个小岛。大家认为海克托的想法很好，于是，他们带足干粮，打算沿河而上，去看一下每个岛，走到哪里就在哪里宿营。

天气晴朗，大湖如同一面镜子一样平静，几个人兴高采烈地划着小船出发了。

他们首先要看的那个小岛，比水面高出不多，其上仅有三四棵树，远看如同一艘飞速行驶的船，故而将其命名为"船岛"。印第安人也为此岛取了个名字，不过我不记得了，意思似乎是"魔岛"。

他们在船岛上待了不长时间，紧接着就去了葡萄岛。在这座岛上，他们看到了许多的野生藤蔓，上面结满了一串串像葡萄一样的紫色浆果。那些果子不但酸还很涩，好在还可以吃。于是，他们摘了满满一篮子这种浆果。路易说："啊！如果有一个枫糖饼就好了，再加上葡萄，就成了妈妈经常做的葡萄果冻啦！"。

凯瑟琳说："想要有糖，得先找到糖枫林，离木屋不足两百码远的地方就有枫树，位于东边的悬崖边上。你们还记得我们称之为幸福谷的那个地方吗？一圈枫树就长在松树台下面的山崖边上，火红火红的，真好看。"

"对，秃山脚下长水田芥的地方也生长着枫树。"

"是呀，有一天我就在那儿采到了马利筋。"

海克托若有所思地说："如果将野草清理一下，那里必定是一个漂亮的牧场！"

路易大笑着说："海克托总想侍弄田地，收拾庄园，总有一天，他必定会发大财。他必定想着将平原上任何一处平地都清理得干干净净，然后将小麦、豌豆和印第安稻谷种上。"

海克托说："明年我们就开地种稻谷，那些在小船里的稻谷的确是宝贝。"

凯瑟琳说："没错，还要种上秃山上捡的那个玉米棒子，那可真是太好啦！就在木屋旁边开一块稻谷地，看着稻谷长起来，那真是一件令人高兴的事儿！海克，那天你去看印第安人的营地，我和路易都急坏了。可你看，一定是上帝指引着你将这个可怜的姑娘救了，还让她成为我们的朋友；而她来了之后，所有的事情都好起来了。"

在路上，印第安娜捉了一只豪猪，她说如此一来就不用为缝衣针发愁了，至于为篮子和莫卡辛鞋缝边的事，就更加方便了。她还说，豪猪的肉不但白净而且好吃，海克托听了表示怀疑。他倒是吃过麝鼠，不管是烤的还是烧的都吃过，认为味道挺好。

这只豪猪是一个小家伙，相比于英格兰的刺猬，它真的没多大。与刺猬不同的是，豪猪身上长着又长又硬的针刺，颜色是纯白色或深棕色的；刺上生长着倒钩，一旦扎上就不好拔出来，要将其向相反的方向拉才能拔出来。狗或者牛一旦遇上豪猪，前者害怕这小家伙；后者则无惧，甚至还会碰碰死去的豪猪，结果就是嘴上被扎满针刺，此外一无所获。而被刺到的地方，在极短的时间内就会变得又红又肿，印第安人的猎犬经常吃豪猪的亏。

印第安娜还告诉大家，岛上生长着许多的灰胡桃树，在极短的时间内就可以采一大袋子灰胡核。这的确是一个好消息。作为核桃的一种，就香度而言，灰胡桃吃起来并不比核桃差。大家忙着摘葡萄、采胡桃，就这样将一天的时间打发掉了。

小岛上没有可以过夜的空地，而且，在水边的石头缝里还有黑蛇出没，大家不得不去长岛过夜。印第安娜介绍说，有一栋老木房子建在长岛上，房子的墙壁完好无损，里边有很多的干草，可以在那儿好好睡一觉。听印第安人说，那房子是数年前一个到大湖区来的法国毛皮商盖的，印第安人曾在毛皮商的指引下，一直沿着肯特河来到大湖上。为了表达对他的感谢，印第安酋长们

特许毛皮商在此盖了房子。

大家放下灰胡桃和葡萄，看看时间还早，就又划着小船向长岛进发。他们此前数次来过长岛，因此，熟练地由西侧登陆了。一个小沼泽湾位于长岛东边，印第安娜为其起名叫印第安湾，由印第安湾上岸才可以回到木屋。

印第安娜告诉大家，如果想进入印第安湾，就必须练就更加娴熟的驾船技术。这是由于，现在他们的小船上坐的人有点儿多了，而且，印第安湾两边又都是密麻麻的灌木丛。为此，他们付出了极大的努力，将众多小树碰倒了才开进小沼泽湾。

印第安湾两岸的灌木主要是黑接骨木、高秆越橘、山茱萸，再往前走，还有雪松、柳树、柏树、沼泽橡树、枫树，以及银皮桦树和野生草莓。树干上，银灰色的苔藓从上面垂下来，一不小心就会碰到头。苔藓生长在桦树和雪松的树皮和根上，一片一片地飘在水上。

走到半路，水已经变得很浅，以至于无法划船了，大家不得不从一个圆水塘边登上岸。水塘圆得如同一个戒指，边上长着大树，苔藓和地衣生长在树根下。大朵大朵的荷花浮在水面上，高秆越橘红艳艳的浆果和一串串紫色的葡萄隐藏在树丛里。

路易相当肯定地说："我想这儿必定是鸭子的天堂。"

凯瑟琳说："这里也是花的天堂，还有越橘和葡萄。这里不但风景美好，而且有许多吃的，不过，好像太过荒凉了。"

　　海克托四下看了看，说："看起来，这儿必定也有相当多的麝鼠、水貂和鱼。毛皮商盖木屋的时候就知道水塘边很好。我敢打赌，那就是木屋，还蛮好的哩。"说着，他爬上堤岸走进了房子。

　　不出所料，这栋木头房子保持得依旧相当好，略加修整就可以住了。石头灶台上还可以看到草灰，看来还保持着老毛皮商几年前走的时候的样子。一个简陋的雪松木床架子被放在屋角，一堆干草和苔藓堆在地上。印第安娜指着一堆碎了的空蛋壳笑了，看来，屋里松软的干草被野鸭看上了，于是在那儿将自己毛茸茸的雏鸭儿孵出来。老主人还有几样东西留了下来。比如，一个旧的扁锡锅，不过，唉！无法装水了。

　　还有一个有点儿破的威士忌酒酒坛和一些生锈的铁钉，路易将这些东西全都装进了衣袋。如今，他早就把原先自己的那个破口袋换成了一只结实的小鹿皮袋。在房子里，大家还发现了一根结实的鱼线，它被系在一根红雪松木杆上，夹在屋顶的一根椽子上。鱼线上还有生锈的鱼钩，不过还可以用。

　　从来就是发现者的路易，因为这个鱼钩而高兴极了。海克托仅发现了一只旧莫卡辛鞋，他相当不屑地将它丢进了水塘。凯瑟琳说，她想将那个旧锡锅拿回去做纪念品，因此，小心地将它放进了小船里。前面，很多的枫树被人割过，或许，就是那个老毛

皮商干的吧。

相比这三人，印第安娜还是非常仔细的，她观察着树上的切口，又观察着树下已经朽烂的桦树皮罐，判断这些割口是她们族的人干的。莫霍克族的最后幸存者默默地、伤感地看着自己族人留下的痕迹。

年轻的姑娘忧伤地站着，看上去是那么孤独而寂寞，对她而言，世上不再有她的亲属，生活不再那么可贵。如今，她成了父辈土地上的陌生人，与之在一起的人不但做法不同，想法也不同，对于他们的语言她听不太懂。虽然如此，姑娘乌黑的眼睛里却不曾有泪水，如同其族人一样，她很早之前就学会了忍受，也学会了沉默。

她像这样默默地、静静地站着，直到凯瑟琳将她的胳膊轻轻抓住，怜爱地搂住她，轻声地对她说："印第安娜，你是个孤儿，不过并非孤零零的，我就是你的姐妹，我会爱你、疼你，让你幸福。"

爱的语言无须解释，爱的语言无须用文字来理解。这种语言不仅聋子、盲人、哑巴能读懂，老人和小孩都能读懂。正是无声胜有声的时刻，只需一只手的轻抚、一声轻声的叹息、一个怜悯的表情，就可以将任何一颗心打动，就可以将人类爱与柔情的宝库打开。

倘若岩石碎裂了，激流就会汹涌而出，于是，饥渴的灵魂就会得到明亮而鲜活的泉水的滋润。她的语言将可怜的姑娘的心触动了，她低下头，将头埋在凯瑟琳手里，抽泣起来，这抽泣中饱含了感激之爱。她低声地说："亲爱的白人姐妹，我发自内心地吻你。"

到了做晚饭的时间了，路易和海克托在旧灶台上生起火来。凯瑟琳用雪松树枝绑成一个大扫帚，将屋子清扫干净，于是，人们马上感觉木屋里舒适了许多。然后，大家又将几块大石头从屋外搬来，放在屋角权充凳子。

路易在极短的时间内就将新发现的鱼线派上了用场，他用其钓了一条黑鲈鱼，并在火上烤熟，这权当肉干之外的另一道菜。许多面包树根生长在岛上的一块洼地里，于是，大家又烤了很多的面包树根。然后，海克托又将一些灰胡核用石头砸开，再加上葡萄，这顿林中大餐已然是特别丰盛了。

吃过饭，两个小伙子如同印第安人那样，把脚朝向火堆，躺在地上睡觉。两个姑娘则睡在新铺的草铺上，闻着草铺下的雪松枝和铁杉枝散发的清香。

他们的下一个目标是糖枫岛。美丽的糖枫岛地势陡峭，岛上树木葱茏。由于路上树太多，因此走起来相当费劲，仅仅走了几英尺就再也无法前行了。

下一座岛的样子就如同一个狸子，他们将其命名为"狸子

167

岛"。狸子岛旁边的一座小岛形状是椭圆形的，长着黑沉沉的树木，因此他们将之称为黑岛。

再往前走，是一个小石岛，岛上长生着稀稀拉拉的树木，与湖面相比，这个小岛很低。印第安娜对此岛产生了很大的兴趣，她将此岛称为"鬼岛"。在印第安语里，这个词的意思是指死人的岛；有时候也称之为"神灵岛"。过去，印第安人就将死人埋葬于此，现在，这个小小的岛屿已经成为别的部族取乐的圣地了。岛上林木并不茂密，可以一直走到深处。年轻的莫霍克姑娘印第安娜对小岛心存敬畏，阻止海克托靠岸。

她说："这是神灵之地，不可冒犯，不然的话，祖先会生气的。"此时，几个年轻的同伴都感觉到了那片土地的神圣，都以敬畏之心默默地看着那个亡灵安息的小岛。

海克托他们从高地祖先那里继承了一种对神秘事物的热爱，所以，在他们看来，印第安娜对祖先神灵的崇敬是相当自然的事情。如同害怕将此地神圣的寂静打破似的，大家都沉默着划着小船。

在极短的时间内，他们就划到了奥托纳比河口。一个小沙洲位于河口中央，其上长着乱蓬蓬的灌木、山茱萸和各种水生植物。印第安娜说，奥托纳比河来源于北边，它距离湖区相当远。为了将自己的意思表述明白，她还用桨画了一条长线，那条长线弯弯曲曲的，时宽时窄，她还在两边画上大大小小的河汊、河湾，表示这就是她所称的湖区。湖区边上有很多景致很美的狩猎地，以及许多壮观的飞瀑石岛，印第安娜在被俘的时候曾来过此地。她说，奥吉布瓦人是这片地区的主人。

不同于此前见过的溪水河流，奥托纳比河气势雄伟，还存在着一丝神秘感。在大家看来，它就如同一条高速公路，指向一个遥远的陌生领域，那就是幽远、神秘、密不透风的大森林。千万年以来，大河就这样默默地流淌着，给人一种寂寞的壮美之感。静静的河面上，倒映着蓝天、黑松林，还有灰色雪松的影子，这里有纯白的荷花，有南飞的鸟儿和飘落的树叶。

柔和的枫树和深红的橡树上还残留着几片很美丽的叶子，不过，此时森林的辉煌已经不复存在。枯黄的树叶轻轻地飘落下来，仿佛在告诉人们，夏天已经过去了，冬天马上就要来临。空气还是和从前一样出奇的安静，树叶静止，水波静止。一串串紫红色的浆果和野葡萄悬挂于褪色的叶子中间。

森林中一片寂静，时而从深处传来啄木鸟嗒嗒嗒的啄树声，或者松鸦的尖叫声。有时候，也会听到大白鸭或灰鸭（来到大湖的人通常称它为啸鹄）掠过水面时发出的盘旋声。此外，还有船桨的拨水声。总之，眼前所有的一切，都是那么安静而寂寥。

天快要黑了，印第安娜提议，要么在河边宿营，要么赶快返回。她看看天空，表现得相当焦急。天上，一团团的黄云在翻滚

着，在薄薄的烟尘后面，太阳发出红红的、模模糊糊的光，空气是那么潮热，几个人都无法透过气来。即使一连几天，大家早已对这样的云块和太阳感到习惯了，不过，此刻好像出于人的本能，都想急着赶回去。

在休息了几分钟之后，他们将船头调转过来，向着大湖划去。所幸他们回得早，刚到湖心，天气就变了。天空的云朵开始形成一大块一大块的乌云，快速地飞升。开始的时候游移得很慢，后来越来越快。大风呼啸着吹过松林，掠过湖面，湖上掀起了滔天的大浪。

印第安娜说，看样子暴风雨马上就要来了。说话间，水面闪过一道流星般的光芒，然后消失在湖水里。印第安娜指指翻滚的云朵、层层的浪花和滚滚的松林，又指指狸子岛，那是距离他们最近的岛。印第安娜将双眼睁大，沿着小船的航道用力划着船。她双臂健壮，因此将船儿划得飞快。危险就在眼前，她知道一定得马上登陆。

伴随着轰隆隆的雷声，风也马上大了，暴风雨最终降临了，小船就如同一只在水面上飞翔的小鸟。风将岸上的大树吹断了，发着咔嚓咔嚓的声音倒了下来。印第安娜跪在船头，将黑发拨在两边，用力地划船。暴风吹过，湖水掀起滔天巨浪，小船时而被高高抬起，时而被重重抛下；无一人说话，他们清楚，危险就在眼前。

最后，他们终于登上了最近的陆地。想要直接登上湖岸，那是不可能的事情了，因为大雨已经铺天盖地下了起来。小船已经不能浮在水上了，于是，大家不得不将其拖出水面。在拖小船的时候，路易担心自己的帽子被雨淋到，于是，凯瑟琳就将那口小锡锅顶在了他的头上。

大家跑上狸子岛的时候，风雨正猛，直至小船被拖上沙滩，大家忍不住长出一口气。他们将小船拖到了大树底下后，感觉又累又怕，都一屁股跌坐在地上。终于安全了，大家才有心情去看那滚滚的暴风雨，并暗自庆幸逃过了一劫。

小阳春就这样结束了。从表面上看一切平静，美丽依旧，不过次日一早，他们发现地上铺了一层白雪。小鲁滨孙们从狸子岛回来没多长时间，就躲进了阿勒山的小木屋，那是他们的"森林方舟"。

这一年的冬天来得快，也比前一年来得严酷。从前一年的十一月到次年的四月，地上始终有雪。湖面也在极短的时间内结了冰，不到十二月，就冻得相当结实了。

第 10 章
荒野中的少年勇士

那红色躁动的光，让人畏惧。

——柯勒律治

这几天，海克托和路易略微清闲一点儿，就开始为冬天储存柴火。两个少年自小就用惯了斧头，因此对他们而言，劈柴是一件相当轻松的事情。除了稻米，他们还积攒了许多干肉和鱼，足可以维持整个冬天。打猎对他们而言是一种乐趣，而非仅仅为了吃饱肚子。

他们还找到了夏天做过记号的大树，将上面的蜂巢割下。其中一个的蜂巢里，还有非常多的蜂蜜，另几个蜂巢里也或多或少有一些，于是，在吃米饭和果干的时候，他们就可以蘸着蜂蜜来吃。原本，蜂蜡融化后可以做蜡烛，不过，几个年轻人并没有享受这种奢侈生活的欲望，因为他们的"蜡烛"就是松树枝。

凯瑟琳将蜂蜜渣装在桦树皮罐子里，然后倒上水，将其搁在烟囱旁边暖和的地方发酵，后来竟然做出了醋。有了醋，就可以腌制肉和鱼了，他们现在如同印第安人一样，也习惯于吃腌制的肉食了。

印第安娜特别喜欢冬天，虽然湖面都结冰了，不过，对她而言显然没什么关系。她不声不响地用斧子在冰面上凿开一个洞，然后，在旁边用树枝搭了个小棚子，接着，就拿着硬木头削成的尖矛伏在棚子里等着，一旦发现有大鱼从洞里跳出来，她就敏捷地将矛刺进毫无防备的鱼肚子里，然后将鱼扔到冰面上。就这样，她总能带回很多的鱼，并将其放在自己认定的主人海克托脚下。对海克托，印第安娜存在着一种仆役般的发自内心的忠诚，也许，我可以将之称为一种奴隶般的忠诚。

十二月中旬，天气已经相当寒冷了，屋外的湖面上刮着刺骨的西北风，松软的白雪漫天飘飞。我们的小鲁滨孙们尽管相当能吃苦，现在，也宁愿呆在屋子里烤火。凯瑟琳和印第安娜在里面穿着衬裙，外面还穿着暖和的束腰外衣，脚上则穿着毛边的莫卡辛鞋，倘若不到外面去，丝毫感觉不到冷。因此，如果外面风大，她们就不出去。在寒冷寂寞的日子里，她们二人为自己找了许多事儿来做。印第安娜将从葡萄岛上捉的豪猪身上拔下来的刺染上色，又用豪猪刺做成的针为海克托做了一双漂亮的莫卡辛鞋和一只箭袋，还为路易做了一个刀鞘。年轻的小猎人们为此高兴极了，对印第安娜精湛的手艺赞不绝口。

印第安娜做起事来非常专心，不过，就是给人一种神神秘秘的感觉，路易为此多少感到有点儿不太高兴。路易是个直爽性子，凡事特别喜欢问个清清楚楚，喜欢对任何事都刨根问底。

一天，印第安娜做了个粗糙的小木头架子，是用橡树、榆树和山核桃木的内皮做成的。这个小木头架子中间宽、两头尖，有

175

些类似宽而扁的鱼。接着，她将一个窄鹿皮条套子套在架子上，鹿皮条提前先被弄湿了，因此软软的；等它干了后，皮条就绷紧了，就如同经常看见的竹器沙发或椅子一样。

路易问："嗨！印第安娜，你要用这种别出心裁的网子捉哪种鱼呢？"印第安娜在捣鼓那个小玩意儿的时候，他已经在一旁看了相当长时间了。印第安娜摇摇头，笑而不答，将一嘴白亮亮的牙齿露了出来。

路易将架子顶在头上，不对，明显这不是戴在头上的。或许是一种捕鸟器？没错，肯定是。他疑惑地看着印第安娜，印第安娜的脸红了，轻轻地摇摇头，又轻轻地笑了一下。

"或许是羽毛球拍或板球拍吧。"说着，路易又将木架子上加上一个椴木屑。印第安姑娘看到这个情景，忍不住笑了，不过，她还是抓紧时间干活。路易弄不清楚，因此有点儿生这个任性姑娘的气了。

印第安娜无声地开始做另一个，为的是凑成一对。路易无奈之下只好乖乖地坐下看着她做。等两对都做完的时候，已经是晚上了，印第安姑娘在上面安了带子和扣环。等最后一根带子装完后，她将它们放在海克托脚下，然后将带子系上，笑嘻嘻地指着说："雪鞋——雪上走——好！"

小伙子们从前听说过雪鞋，不过谁也不曾见过，这时，自然也不清楚这鞋的用途。年轻的莫霍克女子将雪鞋快速地穿上，于是，大家在很短的时间里就弄清了它的用途——穿着它可以不让自己的脚陷到厚雪里去。

海克托在尝试了几次后，才明白了这种雪鞋的好处，尤其是走在冰封的湖面上或者冻雪上时，这种鞋非常管用。印第安娜因为看到大家对她做的鞋子十分满意而感到高兴，于是，立刻就为"尼赤"（也就是路易）也做了一双。不过，凯瑟琳因为穿着雪鞋脚踝疼，因此，更愿意穿路易做的莫卡辛鞋。

来年二月，天气暖和的时候，他们又去了湖区几次，还到东边的几座高山上看了看。山上很难看到大树，反而生长着密密的灌木丛、小杨树，还有一簇一簇挺拔的松树，间或可以看到高大的老橡树——在众多的树木中，老橡树的确可以称之为大酋长。

他们站在山边的悬崖上，畅快地大口呼吸着清新的空气。山上还生活着很多勇敢的鹿群，因为这个季节没人来打猎，于是，鹿就可以无忧无虑地生活着。海克托吃惊地发现，不同种类的橡树生长在平原边上，大大小小，参差不齐。印第安娜告诉大家，这是由于其祖先放火的缘故，每年春天一到，他们都要放火烧林。

她说，之所以这样做，是为了让草长得更好，从而利于鹿群隐蔽、繁衍，也避免了树木长得过大。西边的树木比较茂密，因此，这边崖畔上的风景显得与众不同。从湖边看去，东边的小山

满是翠绿，如同长着高高的水蕨。十月的时候，小灌木的叶子会因为秋霜染上一圈玫瑰色的边，远远望去十分耀眼。其上是叶子繁茂的常青树，其下是一片斑驳灿烂。间或可以看到小叶杨树，如同魔法师的魔杖指过一样，处处金黄。

可爱的地方有许多，像雄伟的圆形小山，边上平荡荡的幽深小谷地，站在那里，可以将大湖的风景一览无遗。不过，总体而言，我们年轻的朋友们还是对那片橡树开阔地和西边树木葱郁的峡谷最为喜欢，因为他们的家就安在那儿。

寒冷的白天，甚至是有月光的夜晚，他们会玩一种游戏，就是坐着手动雪橇从泉眼旁的山谷陡坡上飞快地滑下来。他们身上裹着暖和的毛皮，用严严实实的帽子将头和耳朵也包起来，一点儿也不怕冷。相反，因为锻炼，几个人的小脸都暖融融、红扑扑的，一玩儿起来就是数小时。

大地被严霜镶上了无数的宝石，头发上因热汗结成的霜也因此闪着光，有时候，白得就如同脚下的雪。直到玩累了，他们才回到木屋，将火点起来，被烟熏得黑糊糊的椽子被火光映着。再炖上一份简单的米粥，加上蜂蜜，或者弄一份用野兔之类的肉炖的汤。

倘若这些年轻人生性懒散，轻易就灰心泄气，他们说不定早就冻死、饿死了，也压根不可能找到生活的必需品，更谈不上奢侈的衣食了。幸运的是，他们自小就学会了各种实用的技艺，可以坚强地忍受缺衣少食的生活。他们从父辈身上学会的，是信心百倍地创造条件改善生活，而非坐等好时光的到来。

加拿大人的信条就是充满信心，正是这点让他们有勇气行动，也有勇气忍受。加拿大移民跟随着老美洲人的脚步，学会了依靠自己的力量获得自己需要的东西。他们的后代也学会了依靠自己，而非邻居的怜悯。

现代移民的子女们学的知识多，其文明程度也高，成长于自由教育之中，不过，倘若他们落到我们的少年鲁滨孙所面临的此类境地，估计未必能如此得心应手地应对。这是由于，他们面对生活中突然发生的艰难常常束手无策，他们自身的经验、勇气、创造力都无法让他们得到助益。因为这不但需要有正视环境的勇气，同样需要有适应环境的勇气。

在整个漫长的冬天里，海克托和路易为木屋里添置了很多有用的小家具。他们先是做了一个桌子，又用雪松枝做了一个屏风，为两个姑娘隔出来一间小卧室。不过，由于隔出来的这一块也将厨房和大家平常坐的地方包括在内，于是，他们决定，春天一来就再盖一间大房子作为客厅。印第安娜和路易则用灰胡桃木做了一个水槽。灰胡桃木是一种质地上佳的木材，不容易变形，也不容易有裂纹。

就木工手艺而言，路易比海克托要高明得多。他不但眼光精准，而且手极巧，无论工具和材料怎样粗糙，他都可以干净利索地将其做好，而且做得十分有水准。他将法国人善于摆弄机械的天性继承下来。仅仅依靠刀子和钉子，他就可以将一块石头刻成一个小篮子，甚至还带着提手，上面还能刻上花纹。

在他的手里，一个灰胡桃壳可以变成一只小舟，上面的划手座、座位、船舵全都有，还配有椴木或桦树皮的小船帆。他还为凯瑟琳做了一把梳子，是用木头和骨头做成的，凯瑟琳很喜欢梳头发，自从有了梳子，她就可以常常梳头发、编辫子了。路易也因为表妹的欢喜而倍感得意。

路易是从他爸爸那里继承的好手艺。因为他们的家距离村镇较远，所以，平时的生活用品都要靠自己。就像上文提到的一样，他们一年与毛皮商人仅见上一两次。每当此时，海克托和路易就是最快乐的人。他们围着客人前后奔跑着，客人们一高兴还会将一些小玩意儿送给他们；有时，他们还会听客人讲述打猎和做毛皮生意的故事。那时候，他们会坐在屋子里，围着火堆，瞪着眼睛，拉长着耳朵，听那些神奇的、九死一生的故事。现在，轮到他们讲自己的历险故事了，故事就从他们走上莱斯湖平原的那一天开始。

漫长的冬天是那么平淡而枯燥。后来，印第安人还曾来过狩猎地，不过，他们仅仅是在平原、大湖和岛屿的东边活动，尚未对他们有过干扰。三月底是制糖的好季节。因为有大铁锅，于是他们决定做点儿枫糖和糖蜜。相比于枫树岛，长岛更好，此地是最理想的制糖之地。首先，由于上面有个木屋，必要的时候他们可以在那里居住；其次，那里有个熬糖的地方，在熬糖的时候，两个姑娘可以免受风吹日晒的辛苦。

说干就干，两个小伙子动手将一些小松树枝和椴木枝砍下来，劈成糖槽子，印第安娜做了几个桦树皮桶。他们踩着雪橇，带着罐和桶子滑过冰面到了长岛，开始割或许有糖的枫树。在制糖的日子里，他们过得非常快活，直到四月初，太阳和春风将冰冻的泉水吹开，吹到湖面上，他们知道，无法继续呆在岛上了，因为冰面下的水已经开始汹涌澎湃，时刻打算将上面的冰层冲开。

倾听着那翻江倒海般的声音，大家清楚，是时候离开了。冰面开始出现裂缝，尤其是河口、小岛之间，还有一些溪流流入湖口之处，更容易裂开。水禽被碧绿的流水吸引着，野鸭、野鹅依靠自己从不失误的本能，从千里迢迢之外赶来。这些质朴的伙伴们，因为印第安娜依据各种征兆判定野生鸟类来去时间的本领而惊诧不已。

眼下，一切是如此令人惊喜！春天马上就来了，倾听着红头啄木鸟的第一声啄树声，我们的少年鲁滨孙们个个异常欢喜！

歌雀、山雀在树丛间穿梭来往，唱着轻柔婉转的歌，或叽叽喳喳，或悄声呢喃着，将阳光和嫩蕾的信息传遍整个大森林。全身都是花纹的花栗鼠在树木间追寻着自己的伙伴，雄松鸡为了吸引雌松鸡扑打着自己的翅膀，这些都汇成了春天的旋律，将春的消息传给山林里的人们，传给那些急于倾听的人们——

"冬天，寒冷的冬天，快要过去了。

春天，可爱的春天，终于来临了。"

他们听到了知更鸟唱的第一首歌，又听到红歌鸫[1]发出的欢鸣。成群的旅鸽整齐地飞过头顶，或者落在干橡树枝上，或者飞下来吃忍冬青的红色浆果，或者吃落在地上的橡子、枝头残存的山楂。松树又重新披上一片新绿，天空湛蓝高远，大自然在经历了一个漫长冬天的寂寞后，又重新焕发了勃勃生机。

平原上的雪没多久就都化了，相比于密林里，那里的太阳要灼热得多。海克托和路易拿着斧子在林子里转悠，打算砍树盖房子。再说，他们还要种些稻谷，一旦霜停了，他们就打算开始开垦那一小块地。凯瑟琳负责料理家务，印第安娜则每天出去打鱼、打猎，成果喜人。

大家决定，烧光原先标记好的那些乱草、小树，然后，将那

1　作者原注：就是鸫科鸣鸟。

块地围起来。说干就干，他们先将地头的树砍倒，作为围栏的底子，再于其上堆上树枝和灌木。实际上，他们的确太过小心了，原因是平原上不曾有牲口来祸害庄稼。不过，海克托坚持声称，还是要对鹿和熊加以提防。

围栏做得很漂亮，压根不怕野物来祸害。兄弟二人坐在一根木头上，相当满足地看着自己的杰作，谈论着何时可以下种。依据树发芽和开花的情况来判断，当时，正值五月中旬。海克托双眼盯着一只大鹰，这只大鹰从湖上起飞，向东边（也就是橡树山）直飞过去。

突然，海克托发现，雄伟的山崖上出现一片腾腾的烟雾。起初，他们认为是山上的浓雾，不过，烟雾在极短的时间内就蔓延到了两边。这一下，他看清楚了，那是大火散发出的浓烟，一定是随大火冒出来的浓烟。

"路易，看那儿！东边的山失火了。"

"失火，海克托？你在做梦吧！"

"不，你看！"

浓烟很快将小山笼罩住。由于灌木丛、枯黄的树叶和干草堆满了小山坡，于是，大火一蔓延到山坡上，就快速燃烧了起来。

路易说："距离我们还有两英里，指不定还要远呢。火要越过那个峡谷才能烧到我们身边，别忘了，还有秃山那边的沼泽。"

"雪松干得就如同火绒一般，峡谷只有窄窄的一点，一棵树就可以将火引过来。再说了，山林一旦起火，火借风势，烧起来相当快哪！你难道忘了去年的那次森林大火吗？那火烧得多凶！烧得时间多长！那次是爸爸到休耕地里去的时候，干树叶被烟斗点着了。结果不到天黑，火就烧了几英里。"

路易说："松树着火可真可怕，看！那火烧得多么快。一定是倒下去的大树将火引着了。快看那个小山，真是太可怕了呀！"

海克托焦急地说："如果风向能尽快变一下，向着那边吹就好了！"

"伙计，风有时候压根没用。倘若有干草和灌木，火就始终向前烧，顶着风都可以烧起来。"

就在说话的这段时间，风大了，一道明亮亮的火线裹着热辣辣的气味向前烧过来。大火边烧边积聚着力量，以惊人的速度向前推进着。这个仿佛要将一切都毁灭的魔鬼煽动着红色的火翅，吞吐着红色的火舌，令整个小山和峡谷卷进了一片火海。

路易说："一定是印第安人干的，我们还是退到岛上去吧，一旦火烧过来怎么办。还得小心独木舟，倘若火烧过沼泽，没多久就会烧过来，如果独木舟没了，我们可就失去了从湖上走出去的退路。姑娘们来了，我看，还是和她们商量一下吧。"

印第安娜说："是印第安人在放火烧山，山上大树烧得差不多了。每年他们都要放火烧山，为的是让鹿草长起来。"

海克托指着猛烈燃烧的大火让路易看，他们曾在那里干过活，不过，那貌似是几年前的事了，当时，他们就是在那儿挖了个树根洞[1]。就在他们挖洞的土坎下面，差不多六英尺的深处，发现了焦黑的木头。木头一定在地里埋了多年，必定是多年前人们放火烧林时留下的，一碰就变成了碎末。

大家一整天都密切关注着山火的走势。火海里火苗乱蹿，烈焰势不可挡，所过之处什么也没有留下，差不多形成了一个大包围圈，渐渐地向他们逼近。天黑了，火烧得更凶了，甚至连火的走向也看得十分清楚，不过，已经不如白天那样到处蔓延了。最后，风停了，火势被晚间的露水遏制住了。

这下子，几个人才放心地坐下来休息了，而不再如白天那样，看着火势过快地蔓延而担惊受怕。晚上，尽管他们睡着了，不过，在心里仍惦记着那场大火。黎明时分，他们都起来到处看，看一看自己小小的窝是不是还安全，看一看储存的东西是不是还安全。大家清楚，依靠一把简陋的木锨，想挖一道壕沟或者堆一大堆土，从而将火与干树叶、干树枝隔开是不可能的事情，所以他们没有能力将火势挡住。小木屋仅一边是空地，余下三面都处于大火的

1　作者原注：树根洞挖在能避霜冻的深坑里，否则储存的面包树根会冻坏。

包围之中。

"咱们也学习印第安人，开会商量一下如何做吧。"

路易说："我看呀，我们还是将东西带上，退到长岛上去吧。"

海克托学着印第安人的样子说："法国老弟的意见相当好，不过，还是要听一听大家的想法，我看，还是将不能丢的家当带上岛，余下的东西放到新树根洞里，不过，要提前将树根洞附近容易着火的草木收拾干净。树根洞上面是泥土，无法燃烧。至于木屋，那就要看运气如何了。"

路易说："空地上的围栏一定无法保住了。不过没关系，不会将太珍贵的东西烧掉。所幸玉米还不曾种下去。"。

大家对于海克托的意见表示赞同，于是，两个姑娘立刻开始收拾东西。

幸运的是，树根洞已经完工，将东西储藏在此真是太好了，必要的时候还可以用来藏人，用来躲避印第安人。

两个小伙子马上将附近容易着火的东西收拾干净，他们还将木屋附近收拾了一下。不过，眼下火势依旧十分猛，他们赶紧跑到湖边，两个姑娘已经带着应急的东西在等他们了。

第 11 章

燃烧的森林

湖上的冰浪翻腾汹涌，

轻轻落在银色的沙滩上，

没有陌生人将那片孤寂打破，

除了我们，沙滩上悄无声息。

——爱尔兰民歌

起风了，火随风势向着山谷烧去。沼泽地早就着火了，林木中间是四处乱蹿的火苗，发出呼呼的咆哮声，将一堆枯枝连一堆枯枝烧起来，冒出滚滚的黑烟，人被呛得喘不过气来。

火势前进得相当快，当海克托和路易慌慌张张地将小舟推开的时候，湖岸就被浓烟和烈火包裹住了。众多高大的橡树和松树在火焰中轰然倒地，一团团火星子被砸起。到了湖上，空气一下子变得格外清新，两个小伙子飞快地将船划着往岛上而去。

上了岛，白天的时候，他们就躺在大树下的草上享受荫凉，看着岸上的大火；晚上的时候，他们就用棍子将小舟的一边支起来，为的是让两个姑娘可以在里面安稳地睡上一宿。

夜里，湖水将平原上的大火映照出来，样子非常壮观。如同成千上万的火炬在湖面上闪烁、跳动，与之相比，灯火通明的大都市都不免显得黯淡无光了。

路易和海克托在岛上还对木屋十分牵挂，也挂念着自己建造

188

的围栏。至于树根洞，他们根本无须担心——发青的草芽覆盖着洞口。同时，他们已经将下面容易着火的草木全都清除干净了[1]。

凯瑟琳看着美丽的花儿葬身火海，感到非常难过。她伤心地说："今年夏天，我们再也无法吃到草莓了，美丽的玫瑰和灌木一定会被烧得焦黑，大地也变成了一片焦土。"

海克托接过凯瑟琳的话头说："火过得非常快，通常不会烧到活树，仅会将死去的树烧掉；如此一来，活树反而会得到更多的生长空间。我仔细观察过，大火过后，就会生长起一批新植物，甚至当初快枯萎的植物也会重新长起来。因为大地被烧过的火灰施了一层肥料，事情并不如我们看到的那么差。"

路易说："烧过的松树在几年内都是黑糊糊的！看到那烧过的松树，你就可以感觉到生活的悲凉。它们年复一年地矗立在那儿，光秃秃的、黑糊糊的树梢直指苍天，如同是对点火者的控诉。"

凯瑟琳说："那倒是，看起来的确相当丑，剥了皮的树就如同是病了一样[2]。"

两天之后，大火熄灭了，只剩西边还有一阵一阵的青烟，说明还有余火。

1　作者原注：在庄稼地四周挖一道沟可以使庄稼免于火灾；也可以用铲子把火打灭或者把地下的新土翻上来，与容易着火的干树根、干草、干叶子隔开。

2　作者原注：人们为了清出空地，有时要把树皮剥去，树往往就死了。

湖上不存在印第安人的影子，另一边（就是现在被称为安德森台的地方）也压根看不到印第安人的迹象，火必定是偶然烧起来的，或许是哪个粗心的猎人或毛皮商没能将营火熄灭。由于回家路上无需穿过大火的中心地带，他们决定马上回家。几个人急忙地赶回家一看，木屋已经烧得坍塌在地。大家一时间忧心忡忡。

海克托和路易差不多同时喊道："木屋烧了！"海克托又庆幸地说："幸亏我们将东西放在树根洞里了。"

路易说："好吧，只要储存的东西安然无恙，木屋烧了也没事儿，我们在很短的时间内就可以再盖一个，而且会更好、更大。围栏也没有了。不过，我们一有空闲就可以搭起来。无须着急，一个月就能弄好。好了，妹妹，别生气了。印第安姑娘一定可以帮我们盖一个更漂亮的房子。"

"路易，你做的桌子、凳子和架子也都被烧坏了！"

"没关系，凯特，我们要做更好的桌子、凳子和架子。不用担心，路易可是一个勤快的人。大家不用为木屋烧了而感到可惜，我们可以再盖一个更大、更好的房子过冬。稻谷种好之后，我们就有时间了，可以好好考虑一下这件事。"

接下来的两三天里，大家就忙着搭木屋，用桦树椽子和树皮做材料。早春的天气相当暖和，干起活来也很方便。树根洞真是一个不错的储藏室，他们藏的东西都安然无恙。印第安娜开始设计木屋，桦树皮内衬和外墙之间是空的，中间被隔成一个个小格子，可以用来存放相当多的东西[1]。

两个姑娘设计木屋，小伙子们也在忙碌着：到种稻谷的时间了。这几天，烧得焦黑的土地被几场雷雨浸透了，土地软软的，干起活来十分省劲。木铲子是仅有的农具，他们先将土用铲子翻起来，再将种子撒下去。稻谷种完后，接下来开始砍树盖木屋。他们之前准备的木头早就被烧得一干二净，所有的一切都得重新开始。

因为有了两个好帮手，两个小伙子只用几个星期的时间就盖起了一栋新房子。与从前的那栋相比，新房子更加宽敞、舒适，自然也更好。整个夏天，他们都处在忙碌之中，为稻谷锄草，将篱笆墙竖起来，打猎钓鱼，射鸭打鹅，没有一刻空闲。由于大火的缘故，今年夏天的水果不如往年多，想采摘野果，就得去很远的地方。

一天清晨，印第安娜和两个小伙子很早就出去了，凯瑟琳独自一人看家。她打了水正往回走，突然看见前面出现了一个印第安妇女。她身旁有三个年龄较大的孩子，以及一个棕色皮肤的婴孩，他们猛然回头看见凯瑟琳，也大吃一惊。

---

1 作者原注：印第安人冬季用的木屋一般就是这样，中间留有空间，储存零碎物品和农具。

　　印第安妇女笑着指指水桶，或许是想喝水。凯瑟琳因为她的微笑放心了，她高兴地将树皮桶递过去。孩子们喝水的时候，凯瑟琳又将肉干、草莓和一点蜂蜜拿来，几个孩子相当感激地将它们接过去吃了。

　　印第安妇女将婴儿从摇篮里抱出来喂奶的时候，凯瑟琳还很高兴地拍了拍婴儿。很明显，印第安妇女观察到凯瑟琳和自己不同，就头发而言，凯瑟琳的是金黄的，而她的是油黑的。她时不时将衣袖卷起，与凯瑟琳比胳膊，比着比着就发出惊奇的叫声，或许，凯瑟琳是这个女人首次看到的有着如此好皮肤的人吧。

　　吃完东西，印第安妇女将桦木桶放在地板上，又将婴儿放回摇篮中，将其用椴树皮带子挂在胸前，然后打了个手势，带着孩子们离开了。当天晚上，有人将两只鸭子挂在门外，明显是印第安妇女和她的孩子们对凯瑟琳表达的无声的感谢。

　　根据凯瑟琳的描述，印第安娜认为，这就是她在湖边和山谷观察了相当长时间的那伙印第安人，除非还有另外一伙印第安人。她说，那女人是一个寡妇，由于小时候她曾在暴风雪后迷失在大森林里，差点儿被饿死，因此，人们称其为风雪妈妈。风雪妈妈是一个相当和善的女人，据其推断，她不会对大家造成伤害。她的儿子尽管年龄很小，不过全是出色的猎人，已经可以帮着妈妈养家糊口了；那个小弟弟是全家人最宠爱的孩子。

收获季节到了，稻谷获得了大丰收，大家将稻米存起来，又将一些干肉和鱼积攒起来，还攒了许多的蜂蜜。

不知为何，今年，印第安人不曾如往常那样到莱斯湖狩猎。印第安娜说，他们或许正在与其他部族打仗，或许到其他地方狩猎去了。总之，这一年的冬天非常温和，也非常漫长。春天总也不到，直到五月下旬，草木才发芽。

新房子的内外都很干净，住起来特别舒服。一张印第安娜织的桦树皮垫子铺在地上，桌凳摆在中央。由于他们可以借助的工具仅是斧子、刀子、楔子，我们也必须承认，这些家具做得很好。当然，为了做这些家具，路易费了很大的力气。印第安娜和凯瑟琳将砍来晒干的树枝编成了家具的垫子。晚上，印第安娜习惯地睡在火堆旁，仅在地上铺一张垫子或鹿皮就可以了。

他们又圈了一片土地，种了一茬庄稼。庄稼的长势喜人，木屋里充满了欢乐、祥和的气氛。当然，除了偶尔因为想起失去的东西，小木屋里的每个人都是欢乐而安宁的。春暖花开，经过去年大火的洗礼，今年大地上的花朵格外鲜艳夺目。六月盛开的玫瑰和百合的芳香四处飘溢，正是在前年这个百花盛开的季节，他们离开了家园，也离开了亲爱的父母，变成了荒野的漂泊者。他们认为，自己要对太多的东西表示感激。

没错，他们曾经衣食不继，曾经为此焦虑不安，不过，他们得到的赐福远超过自己的预料。

现在，他们唯一害怕的，就是失去这个家庭的任何一个成员，这其中当然包括印第安娜，她已经成了这个家庭中一位可亲、可爱的姐妹。她的温柔善良和她的感恩之心，她的不断与日俱增的诚挚的爱好。

她在学习语言方面获得了长足的进步，当然，朋友们也从她那里学会了很多印第安语，如今，他们就任何话题进行交流已经不存在问题了。

庄稼正在抽穗，再过不久就会开花、结实了，不过，他们发现，一只鹿常常来偷吃庄稼苗。一天，海克托、路易还有印第安娜三人一起外出去看庄稼，凯瑟琳一个人在家里做饭。午饭包括鲜草莓、米饭、印第安蛋糕，此外还有蜂蜜。

天气非常闷热，凯瑟琳感到又热又累。她将自己手里的东西靠在门框上，坐在门槛上想打会儿盹。可怜的姑娘或许梦见了遥远的、念念不忘的家园，也许是在想外出的猎人们吧。突然之间，她感到一股隐约的恐惧袭上心头，不过她没听到，也没觉察到，更没看到。

不过，她就是有一种奇怪的感觉，感觉身边存在危险，那是一种无法看到的、正在逼近的危险，她感觉自己被一双眼睛盯着。

凶手正要在不被察觉的情况下下手。我曾多次听到熟睡者在梦中突然惊醒的故事，好像人类的眼睛可以穿透紧闭的眼皮——凯瑟琳就是如此，她认为似乎自己正在被无法看到的敌人靠近。于是，她猛然跳起来，慌乱地向四周看去，结果，没看到任何东西。她认为自己胆子太小了，有点儿羞愧，于是就又坐下。就在此时，她养的那只卧在其胸前的灰色小松鼠猛然尖叫起来。

"发生什么事啦？小家伙！"她看到小家伙哆哆嗦嗦地向上爬，不由得轻声问，"是我将你吓着了？小笨蛋，你看，这里不但没猫，也没鼬来抓你。"说着，她将头抬起，将遮住眼睛的头发向后一甩。

一瞬间，她就被吓呆了：在她的眼前，她看到了一双正紧盯着她的乌黑的眼睛。这个人靠着门框，半张脸被纠纠结结的黑发遮住，一双眼睛给人的感觉是混沌而凶残的。凯瑟琳当时就吓得瘫软在地，无法出声，甚至身子也无法动弹。她一句话也说不出来，双手死死地压在胸前，似乎要将快蹦出来的心压住。

她就那样看着那个野蛮人蹑手蹑脚地走过来，如同一条蛇盯着猎物一般盯住自己。凯瑟琳呆在那里，她想跑，不过，她不可能跑过眼前的这个野蛮人。对手恶狠狠地盯着她，她全身没有任何力气了。

那个家伙哑着嗓子喊了一声，好像对于自己达到的目的相当

满意，然后走过来，将姑娘冰凉的双手抓起，用鹿皮绳紧紧捆上，带走了。这个人带着凯瑟琳在山谷里到处绕行，最后到达了山脚下。

一只桦皮独木舟泊在山脚下的水里，轻轻地摇来摇去，一个中年妇女和一个姑娘坐在里面。两个妇女对此既不感到惊奇，也不说一句话。凯瑟琳被壮实的印第安人一把推上独木舟，然后他暗示中年妇女开船。大家刚刚坐好，那个印第安妇女就拿出一把木桨，站起身去飞快地划起船来。

可怜的凯瑟琳完全被吓坏了，她将头靠着膝盖，将自己的脸埋在衣服里无声地哭着。她的脑子里出现了不同的可怕的场景，那些都是印第安娜讲过的印第安人如何凶残的画面，此刻全部形象地浮现在她的脑海里。一路上，这个可怜的孩子一直在担惊受怕！是否有其他人落到印第安人手里了？是否只抓了她一个？海克托他们回来倘若发现她失踪了，会多么担心呀！有没有可以逃脱的机会？

她心里乱极了，将泪汪汪的双眼抬起，可怜兮兮地看着那几个印第安人。她是如此得可怜，恐怕没人看了不会心软。不过，这三个印第安人压根没有看她，也不曾表现出一点儿同情，他们始终是一副冷冰冰的样子。可怜的凯瑟琳不得不再次将自己的头深深地埋在胸前哭起来。

　　她也感觉到，印第安人一直会将自己内心的情感隐藏起来。而野蛮人与文明人之间的区别，就在于是否具有同情心。

　　人类需要一种强大的精神力量，这种力量可以让野蛮人获得正义的智慧，从而将顽固的愚妄击溃。

第 12 章

被印第安人擄走的少女

少年鲁滨孙

是否甜美的含苞玫瑰和春天还不曾凋谢，

就可以将冬天迎来呢？

——博蒙和弗莱彻

独木舟在长岛岸边轻轻地靠岸了。两个妇女将小船停在湖边守候着，还在抽泣的凯瑟琳被那名印第安男子拉下船，然后沿着一条小路向前走了差不多二十码的距离，就到了湖岸上面的一个营地。营地十分隐蔽，茂密的草木包围着它。

落到印第安人手里，可真是再糟糕不过了。因为语言不通，所以，甚至连求饶也不行，他们只信仰自己的神灵，遵守他们自己的法令。可怜的凯瑟琳一个人站在一群半裸的陌生人中间，因为害怕，以至于一句话也说不出来。她慌乱地向四周看着，希望可以看到一张熟悉的面孔，不过，她不曾看见海克托和善严肃的面孔，也不曾看到路易兴高采烈的亮眼睛，更不曾看到自己的印第安姐妹温柔、腼腆、忧郁的脸。只有她一个人，剩下的全是面色忧郁的野蛮人。

当接触到她那可怜的脸时，这些人就将脸扭过去，似乎担心自己被其感动一样。一想到自己此时来到了人生地不熟的地方，凯瑟琳不由得捂住脸放声痛哭起来。不过，对于这里的每一个人而言，凯瑟琳的眼泪、哭声没有任何作用。印第安人对于那些沉

200

着、勇敢、藐视危险和死亡的人非常尊敬，即使那样的人是敌人，他们也会表示钦佩。

凯瑟琳哭了一阵后，也没有任何人搭理她。最后，一位老人，似乎是一位族长，暗示一个靠在木屋旁边的女人将她带走。此时，凯瑟琳稍微心神镇定一些，或许听出来这些人会给自己一些吃的东西，并照看自己。于是，她暗自庆幸，可以远离那些没有一点儿同情心的家伙，将那些恶狠狠的目光躲开。

当她一个人与印第安妇女们在一起的时候，凯瑟琳马上比画着讲着自己的事。她将双手合上，跪倒在带领她的印第安妇女脚下，一边泪流满面地亲吻着她的黑手，一边激动地用手指向湖对岸，告诉她自己就是从那儿被抓来的。

很明显，这位印第安妇女理解了她的意思，不过，她摇摇头，用土语告诉凯瑟琳，她一定要去北岸，说着，她就用手指着湖的北岸。然后，她又暗示那个与凯瑟琳同船来的姑娘将一把猎刀从木屋中取来。一看到猎刀，凯瑟琳心里一阵紧张，如同自己的脖子已经被刀架住了。她还如此年轻就要悲惨地死去！她究竟犯了什么罪？她到底应该如何将那些冷酷的女人说服？

很明显，哀求好像一点儿用也没有，她跪下，将双手举起，默默地祈祷。

一个印第安妇女伸出一只黑手将惊恐的凯瑟琳抓着，然后另

一个人用猎刀将凯瑟琳手上的绑绳割开，然后笑着将她拉起来。
凯瑟琳没想到，那女人笑起来还挺好看的。然后，那个女人惊讶
地用黑手将凯瑟琳的一绺头发捧起，看着那金黄色的头发。她好
像认为很有意思，于是，将自己乌黑的头发与凯瑟琳的金发放在
一起对比，接着，就发出一阵大笑，她红红的嘴唇里，白亮亮的
牙齿如同珍珠一般。

还有几个妇女也凑过来，将自己的胳膊与凯瑟琳的比较着，
她们的胳膊黑黑的，而凯瑟琳的则如同雪一样白。比着比着，她
们就如同孩子一样发出惊叹之声。凯瑟琳看得出，她们并不存在
恶意，于是，也就慢慢放心起来了。

印第安妇女示意凯瑟琳坐在她身边的一个垫子上，然后，将
一些烤熟的大米和鹿肉交给她，不过，这时的凯瑟琳根本没心情
吃东西。她感觉非常渴，就用印第安语说出了水字，于是，一个
姑娘就从地上将一块桦树皮捡起，将其四角对折，跑到湖边盛了
点儿水回来。她将这一简陋的容器凑到新来的客人嘴边，于是凯
瑟琳低下头猛喝一气，那个姑娘看着凯瑟琳喝水的样子，觉得很
好笑。而凯瑟琳看到那个姑娘对自己没有一丝恶意，不由得心里
一动。

此时，她的内心一会儿充满了恐惧，一会儿又充满了希望，
她默默地承受着如此难受的过程。印第安人的营寨扎得相当隐蔽，

在湖岸上压根不可能看到。凯瑟琳无法看到印第安娜藏身的那个
山谷口，也无法看到路易和海克托经常观察湖岸的那个陡崖。即
使自己可以看见他们，他们也无法得知自己身处何地。

　　凯瑟琳就这样度过了有生以来最漫长、最焦虑的一夜。当太
阳刚刚升起来，湖面上还弥漫着青雾的时候，印第安人就驾船出
发了。不到中午的时候，他们就到了湖口。看着湖岸离自己越来
越远，凯瑟琳心里越来越难过。中午，他们的船队停泊在一个河
湾里，在河湾岸上的一片开阔地上，有几座帐篷，很多人在等着
他们。

　　此地的河不但宽而且深，不过水流相当平缓，不同种类的树
木生长在两边。再远一点儿的地方，长满了密密麻麻的树林，人
不可能走过去。因为树木是如此浓密，就算是印第安人也不可能
穿过那黝黑的沼泽地。放眼望去，葱绿的树墙远远地向天边伸去。

　　当初，印第安人宿营的那个地方，如今已经成为了美丽的大
草原，几排松树和香脂树生长在那里。一所花园围绕的大宅子建
在上面的高地上，宅子的四周瓜果飘香，它们全是一位海军军官
的产业。那位军官依靠着军人特有的勇气和毅力，第一个来到这
片森林，在这远离亲友、交通不便的荒野中将家安了下来。

　　不过，在我写海克托他们的故事的时候，那大片的树林还没
有被探险者的斧子砍倒，更没有人为了烧荒草而放火。林木的浓

荫里也不曾响起孩童们快乐的嬉闹声，那里不但没有农人在劳作，也没有牛羊的喧闹。

凯瑟琳坐在一棵树下，整天就那样坐着，用忧伤的双眼看着流水，想着自己的命运，想着自己如此被人从亲人们身边劫走。想到自己远离父母、远离家园，不得不在莱斯湖平原上漂泊，而此时又沦落到如今这般田地，那几个对自己百般呵护的人全都不见了。在这里，她得不到任何一个人的爱护、珍惜和安慰，此时产生的孤独感，让她差一点儿就丧失了从始至终支撑她走过苦难的信心。

她又往四周看了看，看到的都是陌生的男男女女，他们根本不在意她。对他们而言，她是如此渺小，令人讨厌。一想到海克托和路易一旦发现她失踪了会多么着急，她就不由得哭起来，心里更加难受了。

不过，四周非常安静，小溪流过石头，流过草根，发出潺潺的响声。在外面折腾了很长时间后，凯瑟琳困得睡着了。当她醒来的时候，太阳已经快落山了，夕阳将河水染成一片玫瑰色。一层若有若无的蓝雾飘在树梢上，一只翠鸟和几只蜻蜓，以及一只孤零零的潜鸟正在河岸上忙碌着。正绕着河边的一个树根飞上飞下的翠鸟是在喂小翠鸟吧？蜻蜓正在忙碌地捉虫子呢。至于那只潜鸟，就如同她一样，正孤零零地在水面上游着。

猎人们将猎物带回来了，很多棕色皮肤的小婴孩也发出了叫喊。营火被生起来了，人们开始做晚饭。树林里露水相当重，凯瑟琳感觉有些冷，于是她爬到火堆边。突然之间，她看到了一张熟悉的面孔，那是风雪妈妈慈祥温和的脸！

凯瑟琳太高兴了！风雪妈妈带着三个孩子，走过来请她去他们的营火边吃晚饭。风雪妈妈的外貌不太好看，不过总是温和地笑着，热切地拉着凯瑟琳的手，凯瑟琳因此感到快慰多了。风雪妈妈把一杯水端给凯瑟琳，然后又把很多吃的拿给她。

在印第安营地的日子里，风雪妈妈就如同一个和蔼的妈妈一样，安慰着凯瑟琳，照料着凯瑟琳。即使不曾受过教育的印第安人也看得出来，风雪妈妈的任何举动都在为这个陌生人考虑。为了对风雪妈妈的善意予以回报，凯瑟琳经常和风雪妈妈的那个小婴孩一起玩，有时还帮助风雪妈妈做饭，料理家务，甚至将自己的忧伤暂时忘记了。因为她知道，只是想着自己，想着自己的悲哀是没用的。

过了几天，她变得平静多了，至少不再当着印第安妇女们落泪，甚至还感到一些快乐了。一旦想起来怎么说，凯瑟琳就用印第安语请求风雪妈妈把她送回湖上去，不过她得到的只是风雪妈妈的摇头，并劝她不要再想这个了。她说等到秋天，鸭子回到稻米滩，他们还会返回湖上。如果族长同意，她就会送

自己回平原上的家。

现在，她能做的只有耐心等待，乖乖地听族长的话。因为心中存在一丝模糊的希望，凯瑟琳不得不认命地和那些陌生的伙伴继续在一起生活。

她每到一个地方就发现，印第安木屋里的人压根不曾因她的到来感到惊讶。他们似乎从不曾对一个陌生人进入营帐而在意，也不曾对她问任何问题。她在的时候，他们只是默默地看着她，就是她走后，他们也不会讨论任何关于她的问题。

在相处了相当长的一段时间后，凯瑟琳才发现，在印第安人看来，大惊小怪是没教养，没礼貌，甚至是软弱和孩子气的行为。不过，这里的女人们，也如同其他地方的女人们一样，不会像男人那样将自己的好奇心掩饰起来。大家走到一起时，最大的乐趣就是将皮肤、头发进行比较，发出唧唧喳喳的谈论声。

接凯瑟琳来的时候，划船的那两个女人是一对母女，姑娘经常悄悄地对凯瑟琳表示关照。她是老族长的孙女，非常受其他妇女的尊敬。这姑娘总是很快活，似乎一直笑个不停。她对于新来的陌生人特别关照，让她用自己的杯子喝水，让她坐在自己身边的垫子上。

一种很香的草戴在她的脖子上，这种草印第安人特别喜欢洒在地上，以便让屋子香一点儿。印第安妇女在帐篷里坐的时候有固定的姿势，这一点和东方民族相似，那个姑娘用了很大的力气教会了凯瑟琳这种姿势。这个印第安姑娘名字的意思是雪鸟。她每天奔来跑去，欢快地吵嚷着，的确如同雪鸟，那种春天的报信鸟。

一次，雪鸟被凯瑟琳的衣服吸引住了，尤其是印第安娜给凯瑟琳做的短上衣让她特别感兴趣。她仔细地查看了衣服的鹿皮边子后，叫许多妇女来看凯瑟琳的衣服，甚至老族长也来了。他们甚至没有放过绑腿和莫卡辛鞋，如同这些衣服里存在着某种神秘的东西一样。

印第安人看着衣服，一个个发出惊叹声，咕哝着，对此凯瑟琳很不理解。原来他们借助于衣服的针线，辨认出了那个莫霍克姑娘独特的手艺，而那个姑娘被丢在秃山上了，他们认为她要么是饿死了，要么是渴死了。那个他们认定的必死之人的手工竟然再次出现，他们感到疑惑不已。他们惊恐地看着那件衣服，认为一切都是一个谜。

凯瑟琳向印第安娜学了一些印第安语，因此，可以听懂印第安人说的许多话。不过，她相当谨慎，不想用和眼前这个部落为敌的部落的语言说话。她开始慢慢地学习眼前这个部落的语言，而且学得相当快，没用多长时间，就可以自由自在地与身边的女人交谈了。

凯瑟琳注意到了一个与其他帐篷不同的帐篷。那个帐篷显得

很孤单，唯有老族长和雪鸟，还有一些年龄大一些的女人得到允许才可以进去。开始的时候，她认为里面是病人，或者是祭拜大神之处。

不过有一天，当男人们都外出打猎，孩子们都睡熟后，凯瑟琳发现帐篷的帘子被撩开了，一个非常漂亮的姑娘出现在帐篷口。她身着白色的鹿皮束腰外衣，彩色的珠子和染过的小刺装饰在衣服边上，一件带红条的黑衬裙直垂到脚脖子，彩色的羽毛系在鹿皮边的绑腿上，脚上穿着精工细作的莫卡辛鞋；一顶小帽子戴在她头上，上面插满了黑、红两色的羽毛；乌黑的头发一直垂到腰间，被一绺一绺地编成辫子，上面别着红色或蓝色的羽毛。

她的个子很高，身材也好，眼睛又黑又大，水汪汪的，充满着骄傲和忧伤，凯瑟琳一看见她，就感觉自己会忍不住哭出声来。她原本打算走上前去，不过，那女子的身上好像存在着一种奇怪的力量，这让凯瑟琳在她野性、忧伤的目光下不由得悄悄退了回来。

没错，就是她，凯瑟琳猜对了，此女子就是清晨阳光，那个自愿成为寡妇的奥吉布瓦女子，她亲手杀死了自己的新郎，替自己死去的哥哥报了仇。

她就站在帐篷门口，穿着结婚的盛装，就像接受死亡裁决的那天。一想到这个女人可怕的故事，凯瑟琳就忍不住全身发抖，马上回到帐篷，不敢再对那个可怕的女人看上一眼。她还记得，印第安娜曾说过，自从那次可怕的婚宴以后，她就与其他人分隔开来。在大家的眼中，她是一个神人，一个大义人，一个女英雄，她在所有人的眼中是令人敬畏的。她为自己的部族做出了巨大的牺牲。

　　印第安娜说，人们都确信，清晨阳光实际上深爱着那个莫霍克人，就像任何一位贤惠的妻子一样，爱着自己年轻的丈夫，可是，她最终干脆地将他杀死，这就是印第安人的女英雄。

第 13 章

凯瑟琳的新生活

波浪唱着喧嚣的歌，

冲过岩石河岸，勇往直前，

那银色波浪暂息的地方，

高树的影子投在水面上。

　　印第安人在营地总共停留了大概三周。一天清晨，他们将木屋拆掉，然后，驾着六只木船又一次沿河逆流而上了。旅程是那么枯燥而无趣，大河两岸长满了参差不齐、密密匝匝的灌木和树木，远处的风景根本无从显露真容，凯瑟琳也因此失去了欣赏美景的雅致。

　　岸上没有一块空地，不存在任何文明人的痕迹。有时候，有水鸟飞快地掠过水面，一天中最常听到的，就是啄木鸟的啄木声和松鸦发出的凄厉的叫声。走了几天之后，河水的流速一下子加快了，面对船只无力顺水而下的情况，印第安人男女老少齐动手，将船用力向上游划。船只划进了激流[1]之中，水流变得更快，划起来就更加费力气。

　　最后，激流终于算是过去了，印第安人也很疲惫，他们将船

1　作者原注：以前该激流被称作维特拉激流，如今建有水闸。

划入一块虽然水面不大但水流平缓的湖区[1]。月亮慢慢升起，将银色的月光洒在静静的流水上，映照在湖水里，星星闪着幽光。木桨轻轻地划动着，木船也在星光里缓缓前行。

再往前走，河岸一下子变高了，两边还是雪松和橡树。一个湖湾出现在眼前，两边的陆地在前方伸入水后，形成了两个小岛，中间则是一条窄窄的通道，不过，前面的河道相当宽，如同大湖一样，与他们离开莱斯湖之后所经过的任何一条河流相比，都要宽得多。

两岸的景色慢慢发生了变化，河岸壁立千仞，岛上树木丛生，一眼看不到边的是高大的橡树和松树。越往前走，水流也就变得越急。在月光的映照下，白色的小漩涡急急地向前流去。凯瑟琳正想着小船会不会继续沿激流而上的时候，老族长发出一道命令，于是，船队就在一个翠绿的小岛上靠岸了，这个小岛的位置和上一次靠岸的小岛的位置恰好相对着。

上了小岛后，女人们就将帐篷在一片黑黝黝的橡树林边搭建起来，当然，用的是从前的那些帐篷的柱子和桦树皮顶子。人们将帐篷搭起，将小船停下来，小岛上顿时忙碌成一片。凯瑟琳也和妇女们共同将东西从岸边搬上来，其中有一篮子一篮子的水果，

1　作者原注：这个小湖区在彼得区和水闸中间，离两边各约一英里。

此外还有另外一些其他物品。

印第安人婴孩的皮肤都是黑黑的，他们被系在靠树放着的摇篮里，或挂在树枝上的摇篮里。孩子们安静地看着大家干活。将东西搬完后，凯瑟琳就跑过去和孩子们逗乐。

凯瑟琳认为，自己与这些婴孩一样需要获得怜悯，他们从刚一出生时就不曾得到较好的照管，也不曾意识到自己的处境。不过，话又说回来，他们还是得到了其母亲在闲暇时的疼爱，而她呢？唉，现在连爸爸、妈妈、亲友都见不到，一个人孤苦无依。

夜间，当妇女和孩子们都睡着的时候，凯瑟琳偷偷地从帐篷溜出来，登上前面矗立的悬崖。在她眼前出现的是一块草木茂密的平地，还有那些如同人亲手栽种的气势雄伟的橡树和松树。奥托纳比河下游的风景很枯燥，黑森森的树木位于两边。可是，这里的风景真的不错，大河就如同脱缰的野马般，浩浩荡荡、一往无前地奔流着。

的确，风景相当美！河水拍击着石岸，发出轰鸣般的涛声。凯瑟琳高兴地看着奔流不息的大河，感觉自己的心胸马上开阔起来。"你真幸福呀，伟大的河水！你不会被任何人束缚住，任何船也无法登上你那冲天的波涛。我要如同你一般，自由地行走在自己的人生路上。不过如果我想逃走，必须好好休息！"

她就这样坐在大橡树下，看着月光下的大河。慢慢地，她被孤独和凄楚淹没了。可怜的女孩缓慢走回木屋，无声地爬到自己的垫子上，一会儿就睡熟了，也将所有痛苦忘记了。

印第安人不喜欢在地势较高的地方搭建茅屋，而是喜欢在地势较低且潮湿的地段搭建，凯瑟琳对此感到相当奇怪。他们压根不曾考虑周围的环境，就在如此湿润之处搭屋休息，相比于将帐篷迁往高处和干燥之处，他们宁愿在地上铺上一点儿雪松枝或桦树皮。

这或许是出于无知，或许是出于幼稚，也或许二者兼而有之。不过，可以确定的是，正是由于这个原因，他们患上了诸多疾病。他们脚下烤着火，倒头就睡，无论怎么劝也没有效果。他们只是听着，然后在听完之后发出一声咕哝。对他们而言，这就是理性的答复。

"雪鸟"告诉凯瑟琳，他们暂时不会再搬家，妇女们做家务，男子捕鱼打猎。凯瑟琳观察到，这里干活的主要是妇女，相比于男人，女人们要勤快得多。每逢不打猎的时候，男子们不是在树下休息，就是蹲在营火前闲聊；每个妇女都很温柔贤惠，任劳任怨地劳作着，忍受着饥饿疲惫地干着活。

她们要干的活儿太多了，多到无法计数的程度。她们要做独木舟，当然，有时男人们会搭把手，她们还要搭帐篷，还要将男人们打来的动物的皮子缝成衣服，她们还要储备食品、编制篮子、

编制垫子、染豪猪刺、缝莫卡辛鞋，等等。

对于一般的家务，比如欧洲妇女所做的那些家务，她们显然一点儿都不清楚：她们无须洗衣服、熨衣服，也无须擦洗地板、挤牛奶、搅黄油。

印第安人通常会在帐篷的地上铺上新鲜的雪松树枝，平时还将吃剩的鱼骨头之类的东西扔在地上。当雪松枝脏到难以忍受的时候，就会在上面再铺一层。帐篷里基本上没有家具，地面充当着凳子兼桌子的角色。对于印第安人来说，床垫子或动物皮子就是他们营地里独一无二的家具[1]。

凯瑟琳住的那个帐篷，属于风雪妈妈和她的儿子们，相比于其他人的，则要干净得多，这是由于凯瑟琳天生喜欢干净，差不多隔一两天就会将雪松枝换一次，甚至帐篷附近她也会时常清扫。

凯瑟琳还时常去河里洗澡，用路易为她做的木梳子将头发梳理得非常整齐。她还对风雪妈妈的那个小婴孩格外关照，将他喂得饱饱的，洗得十分干净。她喜欢这个温和而顽皮的小家伙，感觉他就如同一只小松鼠一样。

她得到了所有印第安妈妈们的喜爱，这是由于她对她们的孩子是那么爱护备至。如果一个女人发现他人对自己的孩子好，心

---

1 作者原注：近年来，印第安人的经济状况改善了许多，有些住宅连欧洲人都觉得干净整洁。

就会容易软起来。生活教会了凯瑟琳，让她认识到，人类的仁慈无论对于接受者还是给予者都有好处。

仁慈如同露水滴到干渴的土地上一样降临了，不但给予祝福，而且创造祝福。不过，下面我们还是将凯瑟琳暂时放在一边，来看一看海克托和路易他们。

第 14 章

林中奇遇

寒冷而孤独，无亲无故，

没有任何安慰，除非我们从大树和

无言的涛声获得安抚，

凄苦的东风从那里刮过，

时时歌唱，

邀你躲避一时。

这样，我能轻轻睡去吗？

——博蒙和弗莱彻

　　就在印第安人将凯瑟琳抓到长岛的那天，海克托和路易回来得非常晚，在太阳快要落山的时候才到家。

　　那天，他们的运气很好，打了一只肥美的小鹿。不过，到家后，他们看到家里的情景后大吃一惊：火快熄灭了，凯瑟琳杳无踪影。她为大家准备的食品都在，不过人却不见了。他们开始的时候以为凯瑟琳等得时间太长，就出去采草莓了，所以也没怎么着急，在米饭中加点儿蜂蜜就吃了起来。因为在外面跑了一天，他们感到又累又饿。

　　吃完后，几个人还每人拿了一块印第安糕饼出了屋子，打算把凯瑟琳叫回来。不过，当他们发现四周连个人影都没有的时候，他们顿时开始心慌了，以为凯瑟琳一定是在外面迷了路。

他们立刻返回幸福谷，结果发现，凯瑟琳不在；他们又马上跑到松树台，果然也没有；他们又跑到山崖上，还是没有。等到天黑了，他们还是没有发现凯瑟琳的影子。他们甚至觉得，凯瑟琳或许坐在哪棵树下睡着了，他们根本不曾在这里发现印第安人的影子，他们也不会想到，凯瑟琳是被印第安人带走了。

他们再次跑回屋子，还是没有看到凯瑟琳。月亮升起来的时候，他们依旧一无所获，几个人实在太累了，只好躺下来休息一会儿，不过没人睡得着。到了黎明时分，他们又开始四处奔走，无助地呼唤着她的名字。

对他们而言，最令他们害怕的事情发生了，于是这个小家顿时被孤独的气氛充溢了。

印第安娜相对而言比较冷静，也非常细心，她在谷口到湖边的小道上发现了印第安人的踪迹。在这里，她找到了一个原本戴在凯瑟琳头上的橡树叶花环；同时，她还在湖边的湿泥地上发现了印第安人的脚印，以及木船推过后留下的痕迹。

显而易见，凯瑟琳是被这些人带走了。可怜的路易悲伤得无法自制，他认出了这个花环，知道那就是凯瑟琳经常做的那种花环，她不但经常给自己、给马蒂尔德、给小邓肯，而且也为玛丽做这种花环。这还是她的妈妈教给她做的，就是将花环用叶子梗串在一起，从而形成一个树叶编成的圆环。路易想到快乐的童年，

想到不再复返的童年就忍不住泪如雨下。他将那个破碎的花环抱在胸前，独自伤心地擦着眼泪。

印第安娜建议，悄悄地到岛上去找。不过，他们不但没有看见烟火，更没有发现木船。当他们在阿勒山附近的山谷和平原进行搜索的时候，印第安人早已经离开了，湖上没留下任何印迹。次日，他们冒险登上长岛，结果，他们在岛的北边发现了相当明显的扎营痕迹。不过他们能做的也就是这些了，要是想再向远处搜索似乎不大可能。由于没有发现暴力的痕迹，他们觉得，凯瑟琳或许不曾受到伤害。

印第安娜推测，尽管凯瑟琳被抓走了，不过，一定不会受到任何伤害。对于印第安人而言，只要对手不先动手，或者并非为了复仇的恶意，他们通常不会杀女人和孩子。只要他们不受到冒犯，他们不会对手无寸铁的妇女动手。

不管印第安娜如何强调，只要不危害到印第安人的人身或部落安全，或者是要复仇，他们通常不会滥杀无辜，不过，海克托和路易对此还是无法安心，他们的确很担心。他们又将湖的北岸和更远的几个小岛搜索了一番，在他们看来，印第安人或许是回到了北岸，结果自然是一无所获。

因为失去了亲爱的同伴，海克托和路易两人无法对任何事情提起兴趣。当初高高兴兴种下的稻谷地里，现在已经杂草丛生，不过，他们也懒得打理了。所有事情都变得无聊和无趣起来。他们沉默着，毫无目的地到处游荡着。阳光照射不到这个小小的家里，他们面对饭菜无法下咽，更不想说话，于是沉浸在各自的痛苦里。

温柔的印第安娜希望他们可以打起精神，不过，他们压根就像失去了知觉一样，经常把她一个人留在家里。一天晚上，直到太阳落山了他们才回来。等他们回来后，发现那个温柔的、毫无怨言的客人印第安娜也失踪了的时候，他们大喊大叫，没人回应。

于是，二人马上赶到湖边，看到的只是湖口处一个小点般的东西，那是印第安娜所驾的小木船。他们大声地喊着，催她赶紧回来，结果，除了风声，没有得到一点儿回应。没过多久，小船就消失不见了，他们很沮丧地坐到了岸上。

海克托说："她打算做什么？她怎么会狠心地将我们抛下？"

路易说："她或许去了上游，去打听凯瑟琳的消息了吧？"

"你怎么知道她是为了去找凯瑟琳？"

"她说过，打算将凯瑟琳找回来，不然就不会活着回来了。"

"什么？你是说她去见那个一直想把她杀死的酋长去了？"

"她是一个勇敢的姑娘，为了自己所爱的人，对受苦和死亡无所畏惧。"

海克托懊悔地大叫一声："什么？！这种行为等于是去送死，

除此之外再无其他。这样做的结果是，她不但不能把凯瑟琳找回来，而且还得将自己搭上。

"她自己一人怎么可以去冒这样的险？她怎么不告诉我们？我们三人应该一起去。"

路易将头埋在双腿中间，闷声闷气地说："印第安娜为人高尚，她将我们的命看得远胜于自己的。如今我倒不在乎任何事情了，对我而言，最珍贵的东西都没有了。"

"闭嘴，路易，你比我要大，你应该比我更坚强。我们应该对印第安娜的离开负责，凯瑟琳失踪之后，我们每天把她自己留在家里，她一定认为对我们来说，她是不重要的。可怜的印第安娜心里肯定非常难过。"

"海克，我看还是这样吧。我们来做一只大独木舟，然后我们也过去。你看，松树台的那棵大树正好合适。我们现在有一把斧头和一把战斧，做起来应该挺容易的！"

"好吧！明天就开始行动。"

"如果现在就是早晨，我们就可以砍树了。"

"独木舟一旦做好，我们就沿河而上。无论如何，与其坐等，不如行动。"

第二天清早，弟兄二人就开始忙了。他们先将树砍倒，然后拼命干了一整天，接下来，第二天，第三天，他们不停地干着，终于将木船做好了。不过，因为他们缺乏经验，而且工具比较钝，小船在水里无法保持平衡，第一次的努力最终失败了。

满心希望的路易似乎处在绝望之中了，海克托还死撑着说："不能放弃，我的信条就是坚持。我们再来一次，一次不成就再来第二次、第三次。嘿，我说，如果我们坚持下去，最后肯定会成功的。"

"海克，就耐心而言，你超过我十倍。"

"但是，你比我聪明得多，你的点子也比我多得多。"

"我们真是一对好搭档。"

"再来吧！这次我们可要吸取点儿教训。"

"凯瑟琳已经失踪一个月了，时间过得真快呀！"

"我知道，这个月可真漫长呀。"路易一边说着，一边将斧子猛然砍到松树上，然后沉默了好几分钟。

两个小伙子砍树砍得累极了，只好坐在树旁休息会儿，情不自禁又聊了起来。突然之间，路易将海克托的胳膊抓住，然后指向远处的小岛，他发现，一只桦树皮小船出现在岛的最西边。海克托站起身，惊叫道："印第安娜回来了！"

"胡说！印第安娜？压根不可能。你再看看，那是一个壮汉，穿着毛皮大衣。"

海克托狐疑地说："会不会是印第安人？我看不太像印第安

人。不过再看看，看他在那里做什么？”

"打鱼呀。看，他将一条肥肥的鳜鱼打了上来……又打上来了一条……他的运气相当好呢……他在将小船向岸上推呢。"

"好像不是个印第安人。小声点儿，听！他在吹口哨呢。那调子很熟悉，似乎是爸爸过去经常唱的那首老歌。"说着，路易开始大声唱起一首加拿大歌曲，这首歌我曾经听一位老伐木工人唱过，歌词如下：

> 沿着欢乐的河水顺流而下，
>
> 我们穿过蛮荒的大森林，
>
> 我们将野牛追逐，
>
> 我们在追逐野牛。

海克托说："嘘！不要唱了，路易！那个人会被你引过来的。"

路易笑着说："我就是打算把他引过来，伙计。他的地盘在那边，而我们的地盘在这边。我们是主人，而且是二对一，我觉得他不敢放肆吧。我们都长大了，而他就一个人，他必须小心应付我们。"

"希望这家伙会来事。听！他不唱了！唉呀！就是那一首老歌。"路易提高嗓门唱道：

> 我们穿过蛮荒的大森林，
>
> 我们将野牛追逐，

我们在追逐野牛。

"真是的，词全不记得了。小时候也是随便听听而已。想不到还能听到有人唱，更想不到会在这里听到人唱。"

海克托有点儿不耐烦地说："算了，我们还是接着干活吧。"他又开始一下一下地砍树，路易仍然注视着那个神秘的渔夫，此时，那个人正躺在草地上抽烟呢。

路易想："或许他没有发现我们。但是要不了多长时间，我就会让他过来。"于是，他就把一些树皮剥下来，然后用燧石和刀子生起一堆火。

海克托问："你在干什么？路易？你要生火吗？天气这么暖和，没必要生火。"

"我知道，我这样做的目的是将那个渔夫引过来。"

"弄不好会把一伙野蛮的家伙引来吧，他们也许就藏在岛上的树林里。"

"噗！噗！海克，我受够这个地方了，什么都比自己待着要强！"火没多久就生起来了，树枝很干燥，火苗呼呼地蹿得非常高。路易搓着双手，兴奋地看着。没多久，那只桦树皮小船就离开了小岛，划到了平静的湖面上。

小船轻快地划进了小伙子们旁边的一个小湖湾，路易向小船挥动着自己的帽子。一个身材魁梧、满脸沧桑的男子站在船上，

他身着一件破旧不堪的毛皮大衣，一条破烂的红布宽带子勒在他的腰间，脚上穿着一双很破的莫卡辛鞋。那个男子纵身一跳，站到一根木头上，然后警惕地打量着两个小伙子。双方都安静地看着对方。

陌生人很简短地问了几句话，他的口音似乎是南部省份的，路易就用法语和英语交叉着回答。

突然间，那人目光一亮，喊道："路易·佩洪，你不就是我那老伙计的儿子吗？"

"没错呀！我就是路易！"路易双眼含泪地扑到了那人的怀里——他就是雅各·莫莱勒，一个老伐木工人，路易父亲的老朋友。

海克托也连忙过去，将那位热心肠的老人紧紧地抱住。

"海克托，你就是漂亮的凯瑟琳·佩洪的儿子吧。"

"任何人都不会想到，我会在莱斯湖边遇见了我老朋友的孩子们。哈哈！这件事真让人开心呀！"

老雅各心中有着几百个问题想问：他们的父母在哪儿？他们依旧住在平原上吗？他们离开清泉谷多长时间了？他们还有弟弟或妹妹跟着吗？诸如此类的问题。

然而，两个小伙子只是沮丧地看着对方。后来，老人停下话语，喘了口气，结果发现两个小家伙非常伤心。

"发生什么事啦？孩子们，你们的父母辞别人世了吗？好了好

228

了！我不认为他们会活得时间更长。不过，他们不像老雅各·莫莱勒这样以打猎、捕鱼、伐木、贩皮子为生，这样的生活能让人如同鳕鱼一样结实。难道不是吗？孩子们，不是这样吗？"

海克托马上告诉了老人，他们是怎么离开了家园，又是如何失去了自己的妹妹。听说凯瑟琳丢了，老人非常激动，马上站起身，大声说："那个漂亮的小姑娘绝对不能待在印第安人中间，必须马上将她救出来。没错，作为她父亲的老朋友，我必须要将她安全地带回来，否则，我就将自己的脑袋留在印第安人的营地里。"

海克托说："雅各大叔，今天已经太晚了，你先和我们回去吧，吃点儿东西，然后休息一下。"

"不用啦！孩子们。我的船里有好多鱼，有个小木屋就在那边的小岛上，说不定现在还在呢。前几年的时候我经常去那里，那是毛皮商的根据地。我得到那边岛上看看。"

路易说："不必去看了，那老地方还好好的呢，今年春天，我们还在那里熬过枫糖。不过，现在我们有一个更好的地方，就在距离此地两三百码远的那个小山崖上。请您跟我们走吧，吃点儿好的，再休息一下。"

"这些全是你们的呀？"当雅各看到木屋和稻谷地时，一双快乐的黑眼睛睁得大大的，然后问道。老人不停地夸着几个孩子的勤快能干。一进门，老狗乌尔夫从灶台前站起来，向他低低地咆

哼了一声。

"哈！老乌尔夫竟然也在呀！"乌尔夫已经老了，平时也不再和年轻的小伙子们外出打猎了，而是躺在快灭的火堆边打盹。它想念着那只拍自己肚子、抚摸自己毛茸茸脖子的手，想念着将自己当枕头的小脑袋，它常想起那自己搭过的肩膀、舔过的脸和手。可现在，凯瑟琳不见了，印第安娜也走了，木屋里没有了阳光。老乌尔夫简直要伤心死了。

当天晚上，老雅各坐在三脚木凳上，一边抽着印第安人的短烟斗，一边回味着几个孩子的流浪故事，包括他们的所作所为。

"孩子们，你们认为自己距离清泉谷有多远？"

"少说也得五十英里，这是由于我们离开家走了相当长的距离。我们差不多是三年前离开家的。"

老雅各说："孩子们，时间真长呀，不过，路程不一定很长呀！我是从那条印第安人的小路穿过树林走过来的，根据蜜蜂飞的时间来估计，应该不会超过七八英里，不，恐怕还要近些。"

两个小伙子惊讶得睁大双眼。"雅各，不可能吧？怎么会那么近？不过，我们认为，似乎得有上百英里呢！"

"孩子们，是这么回事，问题就出在这里。之前，我在圣·约翰河上伐木的时候，一次，和同伴走散了，差点儿饿死，后来，我无意中回到了分手的地方，才发现自己走了七八天的时间，却只走了不到两英里的路程。事实上，我始终在转圈圈，时而向前走，时而向后走，我是看着太阳走的，我始终在太阳的指引下寻找方向。"

路易斜眼看着海克托问："是不是烤熊的那一次？"。

"不，那是另一次。那一次，你爸爸和我在一起。"老雅各磕掉烟灰，坐好，又讲起烤熊的故事。

海克托已经从路易那里听过了这个故事，因此雅各再讲起来，他认为很无趣，偏偏雅各的故事枝枝蔓蔓，一个故事套着一个故事，就如同一根链子上有着数不清的小线头一般。随后，老伐木工相当费力地将自己的红色睡帽拿出来，然后躺在自己带来的一张水牛皮上，打着呼噜睡着了。

当老人醒来的时候，天还是灰蒙蒙的。昨晚他睡得很熟，因此鼾声也十分响亮。七月底的早晨，湖边的露水相当多，老人将一大堆火点起，抽着烟斗，开始在火上烤鱼作为早餐。此时，海克托和路易也醒了。

雅各说："孩子们，你妹妹的事呀，我考虑了很长的时间，我决定，还是我一个人到上游去找。我了解印第安人，他们生性多疑、诡计多端，对别人通常不放心。也许，他们这么做自有他们的道理，因为白人与他们交往的时候，有时的确不讲信用，我都因此而感觉羞愧。倘若他们发现我是带着两个大小伙子前去，肯

定会心生疑虑，认为后面还有人要对他们进行偷袭哩。所以，就这样吧，孩子们，我独自去。全看上天的意思吧，不是我将凯瑟琳救回来，就是我将一条老命搭上了。我独自一人去，看！我还将一些红布、小珠子带上，此外，还有火药和子弹。烈酒就不用带了，那可是将那些可怜人引向毁灭的事，是一件让人耻辱的事，他们会因为酒而变成魔鬼。"

听说此行非常危险，海克托和路易都抢着要与雅各同去，可雅各的态度相当坚决，压根不为所动。

他说："孩子们，记着，倘若稻谷熟的时候我没有回来，那一定是我和凯瑟琳遭了不测。那么，你们就要特别小心，要是他们对于我这个老家伙不看重，那么，说不定也不会放过你们这两个毛头小伙子。倘若真的如此，你们就得做一只达哥忒¹的好独木舟，沿着湖顺流而下，一直行驶到激流²那里，就在那儿上岸。"

"你们的船太重了，必须重做一只。顺流而下，划到瀑布³那里，要是想省事，那就沿着河边步行直到河湾。那里的人认识老雅各·莫莱勒。对了！他们也认识你们的父亲。他们会将你们送回家的。倘若我将你们领上那条印第安人的林中小道，虽然那条路我很

1　作者原注：就是圆木做的独木舟。
2　作者原注：指柯洛克激流。
3　作者原注：指黑利瀑布，在肯特河上。

熟悉，但你们或许会迷路。没准儿，那样你们就再也无法回家啦。我将自己的夹子和猎枪留给你们，现在，我用不着它们了。如果我回来，你们要将这些东西还给我；如果我回不来，你们就是它们的主人啦。我的话说完了，把我的话记住，再见吧。不过，我还是要先祈祷一番。"

说完，老人虔诚地跪下，为自己也为两个小伙子祈祷、祝福，然后就急急忙忙地上船去了，两个孩子心怀感激地看着小木船慢慢消失在茫茫的湖上。

第 15 章

印第安娜的勇气

高尚的野人，疾行在林中。

——德莱顿

在几年的时间里，一个地方就会发生巨大的变化！当初印第安人流浪的荒野现在已经变成了一片欣欣向荣的村镇。那里的参天古树统统被砍掉了，关于它们的记忆，仅保存在最早的开拓者的脑海中。

如今的集市，早在二十五年前仍旧是一片森林，今天，古橡树已经消失不见，不过，曾经享受过它们荫凉的草地还保持着旧貌。春天的时候，滔滔大河依旧洪水泛滥，不过，河岸则要平整得多，一座雄伟的大桥横跨于河流之上。洪水把从前的两座木桥都冲垮了，如今的这座桥修建得更加雄伟、结实，或许可以世世代代保留下去。

印第安人认为，这座桥非常神奇，他们基本上没有任何机械工具，从此岸到彼岸只能依靠简陋的小桦皮船；镇上的人们与乡下的开拓者们对这座桥充满了自豪，由于它的存在，给拓荒者们务农、经商减少了麻烦。

当初，凯瑟琳曾经面对着那滚滚奔流的河水，对河上美丽的风景和水流的迅疾而感到惊叹。如今，她昔日站立过的那座孤零零的小山上座落着镇上的法庭，那是一幢漂亮、雄伟的大楼，该区的法院也坐落在那里。远远看去，那闪闪发光的屋顶和根根廊柱相当醒目；更加引人注目的是灰色的乡村式尖顶，以及满是橡树和松树的林荫道！有谁会想到，这个风景怡人的地方，昔日曾经是鹿群出没之地呢？一座座干净的白房子散落于远方，每一座都带有花园和果园。从前，那些地方还是一片平原，上面稀稀拉拉地生长着杨树、橡树和松树。

看，位于镇子西头漂亮的山坡上的是教堂，有好几座！那滔天的水流声并非大河在奔流，而是水磨和水闸在飞速地转动。河水蜿蜒地自远方的树林边流过来，然后流入奥托纳比河。一个非常繁忙的邮局就在那边葱绿色的草地上，早在数年前，那里还是一片树林呢。

昔日镇政府的所在地，就是那边那座孤零零的圆木大楼，现在，它是麦克唐纳上校的产业。一群群的印第安人聚集在树下的草坪上，对于镇上的画家来说，印第安人是他们笔下最青睐的主题，所以，他们之间的关系相当好。

通常情况下，印第安人不会到镇子上来，此地昔日是他们的狩猎之地，现在，他们之所以来，是为了领取政府每年一次发给他们的礼物，或者是来这儿售卖桦树皮篮子之类的物品，或者卖毛皮、鱼和干肉，然后，他们会从白人弟兄那里换一些从前自己不敢想、现在却必不可少的奢侈品。

他们行走在熙熙攘攘的街道上，高大的住宅位于街道的两边，五颜六色的衣服、神气的马车，还有一些他们买不起也无法仿制的奢侈品，这使得他们产生了低人一等的感觉。在他们看来，他们已经不再是一个骄傲的民族，缺乏现代知识让他们显得相形见绌，因此，简陋的木屋已经不再是容身之地了。

当然，他们也在发生变化。现在，他们绝大多数时间会住在村子里，住在不能轻易移动的房子里，也只能在规定的地方打猎。他们已经开始学会了垦荒、种地。树林在减少，任何地方都有白人。也许，他们曾在私下里议论过，不过，他们的声音非常微弱，无人能听见，而议会里也没有替他们呼吁的代表。

他们也很着急，也想对他们民族的处境予以改善。他们喜欢听人们谈论起现在的生活，喜欢看到自己的子女们成长在现代社会中。他们也以自己的同胞为其他部落的幸福奔走呼吁而骄傲。

当然，还有一些人会深深怀念过去的自由生活，也会回忆起"从前的黄金时光"，那时，他们还很自由地在丛林中游荡，不过，这些人已经越来越少了。一个新的种族正在兴起，在加拿大，"老猎人"在很短的时间内就成了一种人们淡忘了的称呼。

老镇政府大楼（开拓者都如此叫它）背面的河岸上长满了青草，一棵歪脖子的老橡树生长在青草滩里，下面是陡峭的河岸，远处是众多的小岛。那棵橡树被印第安人称为"白姑娘的栖息地"。从前，凯瑟琳就坐在那儿，看着下面熙熙攘攘的营地，唱着古老的苏格兰民歌，为自己的不幸祈祷。自然，那情形没人看见，那歌声也没人听见。

橡树的影子被夕阳拉扯得长长的，大河上横跨着潮乎乎的大榆树。木桨不再搅起浪花，印第安人木屋里的狗吠声和喧闹声渐渐模糊起来。猎人们带着各种猎物凯旋归来了，营火噼噼啪啪地烧着，树林中升起了一团一团的炊烟。

这时，人们正在烤鹿肉，每个帐篷里的人都有自己的烤肉工具。埋在热灰里的罐子里装的是擦木汤，这种汤有着芳香的气味，印第安女人特别喜爱它。擦木是一户人家从奥托纳比河上游的大族长那里带来的，妇女们只是在有尊贵的客人到来时才会拿出来煮。

鹿肉粥装在那个香味扑鼻的罐子里，里面有鹿肉、野稻谷和药草，印第安人常吃这种粥。忙碌了一天的猎犬这时也伸长身子躺在营火边，听着猎人对它们的赞许；猎人有时也会对它们呵斥一两声，因为它们把鼻子凑到食物上去了。

大一点儿的孩子在射远处桦树上的箭靶，姑娘们则在草地上打闹。"雪鸟"坐在帐篷的地上编一个甜草花环，把甜草用一根根染色的豪猪刺穿起来。凯瑟琳坐在旁边缝制莫卡辛鞋。突然之间，一个身影挡住了她手中的鞋子，有人站在帐篷那里。一个妇女尖叫一声，凯瑟琳马上抬起头朝门口看去：门口那里默默地站着一

个人，脸色苍白，面无表情，那是印第安娜——见到凯瑟琳，她的眼睛里闪过一丝惊喜。

凯瑟琳感到很惊喜，一时间沉默无语，紧接着，她就担忧起这个亲爱的朋友的安全来。一个印第安妇女还在愤怒地呼喊，可她已经顾不了那么多，她迅速站了起来，就好似拿着盾牌一样，用胳膊挡住了印第安娜，失声痛哭起来。

"印第安娜，亲爱的妹妹！你怎么找到这里来的？你来做什么？"

"把你换回去，然后死在这儿。"印第安娜用发颤的声音回答。那个皮肤黝黑的寡妇走过来，好像要将这个不受欢迎的客人拦住，可是，她被年轻的莫霍克人的勇气和镇静镇住了。

"跟我来。"印第安娜说，凯瑟琳的心怦怦乱跳，跟着她来到了秃鹰酋长的帐篷口。帐篷里都是猎人，奔忙了一天，每个人都安静地躺在铺着皮子的地上。年轻的莫霍克人低下头，交叉着双臂，以一副投降的姿态站在帐篷口。老酋长挥了一下手，猎人们站了起来，好像是保护酋长似的，都站到了酋长身旁，一个个虎视眈眈地看着她们。酋长开口问她们从哪儿来，来干什么。

"听凭我的奥吉布瓦父亲发落，"印第安娜温和地回答，"我能对大酋长说几句话吗？"

"说吧，"酋长说，"秃鹰洗耳恭听。"

"秃鹰是个了不起的酋长，他征服了敌人，他是自己的人民之父。"印第安娜说完，大帐里一片寂静。

"这个莫霍克女人说得好，让她说吧。"

"站在你面前的莫霍克人的心，就像一朵盛开的花，善良大神的眼睛看得清清楚楚，她说的都是实话。奥吉布瓦酋长杀死了他的敌人，他的敌人们误解了他的好心，于是，他就惩治了他们。他敌人的营帐里只留了一个年轻的姑娘，那是一个勇敢的莫霍克女人的女儿。秃鹰酋长喜欢那些勇敢地呐喊着挥动战斧的人，即使是一个敌人，他也不在乎。那个姑娘的母亲就是一个勇士。"

她稍微停顿了一下，用自豪的眼光紧紧地盯着秃鹰酋长。秃鹰酋长赞许地点点头，印第安娜激动得脸颊和嘴唇都有点儿发红。

"那个孤独的姑娘被秃鹰酋长带到他的营帐，那里面埋了战斧和剥皮刀，女人们得到吩咐要宽慰、照顾她。不过，她的心过于孤独，她对于父辈的家园充满了渴望。她想替父母、兄弟姐妹报仇雪恨。她的内心燃烧着火，然而力量不够，善良大神站在奥吉布瓦父亲那边。她失败了，计划逃走，然而她中了一箭。她被秃鹰酋长的人抓住了，他们沿着大河而下，把她带到了会议山，将她捆起来，丢在那里，等待上天处罚她。她发出苦苦的祈祷，结果，她的祈祷被善良大神听见了，于是，她得到了他派来的人的帮助。那是一个白人小伙子，心地善良，为她解开绑绳，给她水

喝，将她带回了家。"

"一个白人女子（说着，她用手指了指凯瑟琳）为她包扎伤口，让她躺在自己的床上，给她吃的和喝的，用爱和关怀抚慰她。她教她向大神发出祈祷，告诉她要学会以德报怨，做事要公正，对人要仁慈。她将年轻姑娘铁硬的心软化得如同做锅的陶泥，她爱她的白人兄弟姐妹，她感到非常幸福。她的白人姐姐以和待人，不过，秃鹰酋长的手下来了，将像一只小鹿一样的她从屋子里抓走了，本来充满欢乐的地方，现在全都是眼泪和孤独。莫霍克女子不忍心看着自己的白人兄弟悲伤，于是她驾着小船，来到了大酋长的帐前，她想说的是：'将这个白人女子送回去，让她回到莱斯湖边自己的家里，酋长可以将奥吉布瓦的敌人，那个不服从的女子抓起来，或者处死，或者做奴隶。她不但无惧刀斧，而且无惧箭矛，任凭大酋长发落。'"

说完这些话，她跪了下来，将头低下，如同一尊雕像。

帐篷里安静了好一阵，然后，酋长站起来说："勇敢的姑娘，你说了不少话，也说得非常好，秃鹰始终在洗耳恭听。我们可以将那个白人姑娘放回去，让她与自己的兄长们团聚——不过你得留下来，我说话算数。"

凯瑟琳将印第安娜抱住，失声痛哭。她不可以让印第安娜代替自己去死。她连忙恳求酋长，让他将印第安娜放了，不过，她结结巴巴的哀求没有让酋长有丝毫触动。酋长累了，他不想再听她激动的辩解了。他示意她们退下。

两个人不得不退下，凯瑟琳将自己被抓那天的事情都告诉了印第安娜。她为自己获释而感到高兴，也为自己深爱的朋友的吉凶未卜而担心。

印第安娜说："他们打算把我杀死，可我愿意为白人姐姐去死。"

晚上，印第安娜躺在凯瑟琳身边，睡得格外香甜。不过，凯瑟琳却无法入睡，夜色黑漆漆的，她的脑子里思绪万千，身体里似乎产生了一种新的能量。她知道，自己现在已经不再是一个孩子了，心底的力量觉醒了、成熟了，她果断地行动起来。

那天晚上没有月亮，只有一弯淡淡的光弧将树林照耀；那光柔柔的，很暗，小路上也没有阴影，那个传奇女子的帐篷就在小路的那头。凯瑟琳悄悄地来到帐篷前，把帐帘撩起，站在帐篷口。尽管她的脚步声非常轻，清晨阳光还是被惊醒了。她半躺着，神情恍惚地看着凯瑟琳。

凯瑟琳用奥吉布瓦土语声音颤抖地说："我受善良大神所派前来，啊！悲伤的女人。大神命你做一件仁慈的事情。你已经犯下杀戮之罪，大神非常愤怒。他让你将那个敌人救下，因为她的血管中流动的就是你那被杀的丈夫的血。千万不要违逆大神的意旨。"

说完，她蹑手蹑脚地退出来，将帐篷的帘子放下，然后躺回

印第安娜身边，紧张得心都要蹦出来了。她做了什么事？她到底做了什么事？在现在这死寂的半夜，她竟然独自一人去见那个可怕的女人！即使那个女人是这个部落的人不经召见都不敢面对的女人，自己还对她相当傲慢地说了那样的一番话！

唉，她也不清楚，自己的鲁莽会造成怎样的后果。凯瑟琳颤抖着将熟睡中的印第安娜抱着，将头深埋于她的胸前，一边抽泣一边祈祷着，直到沉沉地睡去。当她醒来时，时间已经很晚了，除了她一个人还在睡着，其余的人都出去了。凯瑟琳感到一阵恐惧，马上起来冲出帐篷，去寻找自己的朋友。

很明显，这里要举行某种大仪式，印第安人全都在脸上涂上油彩，那样子相当奇诡而凶恶。一根木桩栽在酋长帐篷前的空地中央，被绑在那里的就是她亲爱的朋友印第安娜，她的脸色灰白，不过神情相当镇定。木桩的四周是手执武器的印第安男子，他们全都是一副凶神恶煞的样子，不过，从印第安娜黑黑的眼睛里看不到一丝恐惧。

很明显，她的思绪已经飞向了远方：也许她是想起了死去的亲人，而她的亲人们此时正在印第安人渴望死后所去的福地散步。她不曾发现痛苦的凯瑟琳，而可怜的凯瑟琳正坐在旁边的一棵树底下，把脸埋在自己的双膝间，一边哭一边祈祷着。

啊！她是那么热切！她心里一直保存着一丝希望，就算印第安娜已经到了最危险的时候，她还是希望，自己昨晚对那个神灵一般的寡妇所说的一番话可以起到一点儿作用。她清楚，印第安人相当迷信诅咒、警告和善恶之神。她清楚，自己昨晚的拜访必定会被当作神灵降临。一想到这个，她就又增加了点儿信心。

不过眼下，好像任何事情都没时间做了：印第安人在呐喊，正在跳着欢畅的战前的舞蹈。这舞蹈在开始的时候节奏慢，声音低，此刻，节奏变得越来越快，声音也变得震天响。突然间，所有的声音都安静了下来，发生了什么事？看！一只小船从远处的河上驶来。一瞬间，一个饱经风霜的老人健步走上了河岸，走过青草地，来到帐篷前。

秃鹰酋长友好地对来人表示欢迎，舞蹈和死亡的歌声因此静止下来。双方开始谈判，主题就是关于人质的交换问题，中心人物就是凯瑟琳。现在，她获得了自由，她的白人弟兄可以将她带走，她属于他们；不过，印第安的律令不可以被违背，那个反抗奥吉布瓦酋长的人一定要被处死。

老人带来的礼物，像给妇女们的红布和珠子、给酋长的火药和子弹，都起不到任何作用。六个印第安战士将弓箭准备好，震天的歌舞又响了起来，似乎他们想用隆隆的战鼓声、喧闹的长号声将所有的柔情压制住，从而渲染出一种恐怖的气氛。

突然之间，一声尖厉、原始的喊声传来，那声音好像是从天上

来的，将众人的喊叫都盖住了。一听到这个声音，大家全都脸色发白：似乎听见了葬礼上的哭号一般。是不是那个被绑在桩上的女人在哀号？不，不是她。她只是静静的，一动不动地双眼看着天，嘴唇微微张开——就像诗句中所说的，"默默的，勇敢的绝望"。

莫霍克的寡妇，那个奥吉布瓦酋长的女儿突然现身了，她身着一身黑衣服，长长的黑头发不曾梳理过，松散地披在肩上。大家被她的突然出现惊呆了，她所到之处，那里的人们就都纷纷后退。她将一只手伸出来，手上黑色的血迹还相当清楚——那是她丈夫的血，就在可怕的那一天，她把他杀死了。从那时起，她的手上就留下了血迹，再也不曾擦去。

她说，那个被捆的女子，也就是那个部落的最后一员，要由她来处置。这个女子是被她所杀的丈夫的家族最后的成员，所以，她的要求立刻获得了通过。

她得到了一把刀。就在她慢慢向印第安娜走去的时候，大家又发出一阵震天的呐喊，她被女人们视为她们的大祭司。不过，她并未用闪着寒光的刀子将印第安娜杀死，而是将把她捆在死亡树桩上的绳子割断。然后，她对印第安娜说，她可以走了，不管去什么地方都行。

随后，她转向秃鹰酋长，说了如下一番话："每当夜深人静的时候，星光扫过天际，我眼前就会出现一幅伟大的善良大神降临的景象。他吩咐我，让我将那个部落的最后一员放过，因为我和我的人民制造的血泊，已经将那个部落的太阳淹没。大神还告诉我：要是这么做了，和平就会实现；要是做了这件事，我们就可以到美好的福地长享安宁。"

说完，她将自己的双手放在年轻的莫霍克姑娘头上，对她表示祝福，然后，将黑色的面纱拉下，缓缓地走回了自己那孤寂、冷清的帐篷。

第 16 章

欢乐的重聚

少年鲁滨孙

　　家园，家园，家园，

　　我就要返回家园，

　　家园，家园，家园，

　　故国的家园。

——苏格兰民歌

　　老雅各和凯瑟琳始终在旁边，看着这如此让人动情的一幕。此刻，他们上前与奥吉布瓦酋长告别。老雅各再次将礼物献上，这一次，主人相当高兴地收下了。在分享礼物的时候，凯瑟琳特意给酋长的孙女——漂亮、快乐的雪鸟姑娘留了最好的珠子和布。

　　老酋长不但被印第安娜深深地感动，宽恕了她，而且，还宣布将她收为自己的义女，并想将她嫁给"雪鸟"的一个哥哥——自己的一个孙子。不过，印第安娜非常谦和且坚决地拒绝了。她对那些将她从死神手中救出来，让她清楚世界上还存在一种更光明的生活的人们有着深深地思念。她声称，自己要和白人姐姐走，就如同大善神教诲的那样。

　　每个人的天性中都存在善良的一面，仁慈和德行常常是通往幸福的通道。印第安人将仇恨的斧子放下，帐篷里充满一片欢声笑语。老雅各和酋长之间达成了一项协议。老酋长让凯瑟琳转告她哥哥，从此刻起，他们可以随便在湖区打猎、捕鱼。他说："我

250

秃鹰酋长一言既出，绝不反悔。"

次日一早，天刚亮，老雅各就起床了。小木船已经准备好，新鲜的雪松树枝铺在船底。为了不让白人兄弟挨饿，酋长还将很多炒熟的大米和干肉送给他们。太阳升起来了，老雅各带着凯瑟琳和印第安娜到秃鹰酋长的帐篷去和他告别，气氛十分和谐。

"雪鸟"因为要和凯瑟琳分手了，显得非常伤心，她热泪盈眶，如同一只小鹿一样温柔地偎依在凯瑟琳身边。她将一件自己亲手做的礼物送给凯瑟琳，那是一个用豪猪刺穿成的花环，豪猪刺都被剖成了两瓣，戴在头上非常好看。此外，还有一双精心制作的莫卡辛鞋，几个桦树皮盘子和盒子，十分小巧精致，摆在巧手女子的桌子上完全没有问题。

他们就要上船时，雪鸟追来了，将一个装饰华丽的盒子递了过来，她低声说："这是善良大神送给勇敢的莫霍克姑娘的。"打开一看，一件漂亮的束腰外衣装在盒子里，那衣服非常柔软，边上绣满了花，红、蓝两色的羽毛遍布在带子上，肩膀上画着一只大鸟。很明显，这是一件代表着和平与友好的礼物，一件让人可以大度地接纳的礼物。

印第安娜恭敬地将礼物贴近胸前，将手放在心口，用土语说："请转告大神，我在心底亲吻他，为他祈祷，愿他在福地始终快乐、幸福。"

　　几个人高兴地与印第安人的营帐告别，然后登船启程。凯瑟琳感觉，自己就如同做了一场梦。她对那平静的家园充满了渴盼。听到老雅各说要将他们送回家、送回父母的怀抱时，她高兴得简直要跳起来了。她曾无数次在心里想：如果我拥有一对翅膀就好了，就可以自由地飞翔，飞到亲爱的妈妈怀里了！啊！亲爱的妈妈，她一定一刻不停地在苦苦思念着我。

　　虽然很着急，天黑下来后，他们还是只好在离大湖几英里的地方歇了一个晚上。那是一个漂亮的小圆丘，就在奥托纳比河东岸，那里长满了野草莓、山楂和松树，一条窄窄的小溪就在那儿被三裂叶莢迷和树木半掩着。溪流从山丘下面流过，越流越宽，快形成一条小河。有的猎人可以划着小独木舟由此地向大湖的南部——柯洛克激流附近直奔过去。

　　雅各就将小船划到了这条溪流里，然后让两个姑娘去捡些干树枝，以便在岸边生火。干树枝捡来之后，他将桦树皮堆了一小堆，然后在其中加入猎人们常用的引火物，那是一种生长在腐坏的橡树和枫树上的菌类。最后用火石三两下就点着了火。趁火正燃烧着，他将小船拖上岸，把它用两根栽在地上的小木桩斜斜地撑起来，然后将干草铺在下面，还把自己的水牛皮袍铺上去。做完这一切，他显然对于自己的安排相当满意。然后说："姑娘们，就算是皇后睡在这里，也不会有任何可挑剔的了。"

随后，他将鱼饵装在鱼钩上，开始钓鱼，一会儿就把一条鲅鱼钓了上来。凯瑟琳选了一块非常大的石板开始烤鱼，然后，她将椴木叶做的浅盘拿出来，老雅各因为浅盘的精致华美而开怀大笑。他说，这种浅盘在猎人的餐桌上很少见，只要有吃的，他不在意用什么东西来装食物。

为了给姑娘们解闷，老人又讲故事又唱歌，直到天色彻底暗了下来。亮晶晶的星星在天上闪烁着，将影子深深地投入平静的大河里。树林里也同样热闹，林中的阴郁被成千上万的萤火虫一扫而光。夜鹰的啸叫声不时从高空里传来，其间还夹杂着猫头鹰呼朋引伴的叫声，将河边凄清的寂静打破。

老雅各躺在火堆旁，抽着烟，用法语哼唱着《流浪之歌》。在小船下面，两个姑娘早就睡着了。印第安娜将头枕在凯瑟琳的胳膊上，她浓密的黑发与凯瑟琳的金发贴着。她们二人如今真像一对姐妹花，一个人像清晨，一个人像夜晚。

大家被早起的鸟儿吵醒后，一身轻快地跳起来。清雾在河面上打着卷，如同一群卧在地上的绵羊；露水重重地滴到溪流里，发出清脆的声音，如同下小雨一样。快看！一只红松鼠轻快地跑过树枝，这时正用黑亮的小眼睛盯着这群不速之客呢！

嘘！别出声，树叶在响呢，或许是有动物往岸边走吧？啊！原来是一只土鳖。它将头调了个方向，然后沿着沙滩一步一步地

向着太阳升起的地方走去，如果找到合适的地方，它就时常将自己半埋起来躺在河滩上。

看，那边的那只麝鼠一头扎进水里，摇着好像桨一样的尾巴游过急流，钻入了对岸的莎草丛。

这时，一阵响动吸引了老猎人的注意。什么东西将水搅得哗哗响？一道长长的、亮亮的水线出现在河中央，是什么在稳稳地游过来？原来是一只雄鹿，它宽宽的前胸拨着水，正奋勇向前游呢。它自豪地将自己的一对大鹿角仰起，身处这人迹罕至的地方，它不曾听过猎人的枪声，也不曾听过弓弦的弹响。猛然间，它的脖子被一支利箭射中了，疼得大叫起来，血马上就将湖水染红了。

印第安娜看到后，立刻将小船放到水里。一看见可以打猎，她的眼睛都要放光了。她站在船头，全神贯注地追着鹿，将船快速地划到了鹿身边，用木桨用力向鹿头、脖子上打着。凯瑟琳马上将脸捂起来，不忍心再看下去。她确实无法做猎人，因为她的心太软了。

老雅各得意地将死鹿拖上岸，印第安娜手脚麻利地帮着他——她的骨子里还是一个印第安人。没多久，鹿肉就被放到了船底。两个人凑到河边把手洗了洗，然后过来吃早饭。

太阳升到了树梢，清晨的薄雾在阳光里就如同一层金纱一般抖着、飘着。整个大地似乎要苏醒了，树叶和花瓣在露水里闪着光；松树和胶枞散发出馥郁的香气，在早晨的微风里，大叶杨在缓缓地摇动，小雨般的露珠滴到溪流里。

再向前走，河岸变得低平了。两边是一棵棵枝繁叶茂的大树，小溪流变得越来越宽，灌木丛也变得越来越宽。如雪一样白的大片大片的水莲花，在清晨朝阳的映照下，透出一种美丽的玫瑰色。青绿的叶子在浮湖水上面，这让水面看起来好像是一大片绿色的地毯。鹿最喜欢在这青翠的水里玩。小船一经过，就将一群群红翼鸫惊起，它们鲜艳的翅膀在阳光下闪动着亮光。

漂浮的藻类长满低低的沼泽岛，在苔藓和地衣下面，灰白的漂浮藻互相纠缠地生长着。稀稀拉拉的桤木和白蜡树阴惨惨的，就如同早衰的青年。大河被沼泽岛分成了两半，雅各选了最近的一条道，然后沿着左边的分岔划船，没多久，就到了宽宽的莱斯湖。

凯瑟琳睁大双眼，想看一看树丛里的小木屋是否还冒着炊烟。映入其眼帘的是一个个小岛，先后是岛顶、河湾，北岸越来越模糊了。河狸的栖息地就在远处的河湾，后面是一脉青山，远远看去如同长满了水蕨，间或可以看到一两棵高大的橡树或者松树。

当初，路易就是在那儿发现了印第安人上岸的。此刻，这里已经是一个叫戈尔登陆点的村庄了；村庄的教堂位于另一边的高山上，其白色的尖顶被绿树丛掩映着。再向上走，离大路不远，就是漂亮的农舍。就在这里，住着与村庄同名的精神领

袖。布朗上校是白色屋子右前面的花园的主人，四周都是漂亮的庄园和田地。不过，在我们的故事发生的时候，那里仍是一片寂静和荒凉。

阿勒山高耸于橡树林之上，其顶峰就如同一座高耸入云的教堂。印第安娜驾着小舟笔直地向着他们回家的方向驶去。一想到马上就可以与家人团圆了，凯瑟琳忍不住热泪盈眶。失去的家园就在眼前，船甫一靠岸，凯瑟琳就开始吻雅各粗糙的手，然后，将印第安娜紧紧地抱住。

不过我们也没时间浪费口舌了，因为此时，凯瑟琳已经如同一只小鹿一样，连蹿带蹦地爬上了岸边的陡崖，气喘吁吁地站在木屋门口。相比于印第安人的帐篷，这里的确格外地干净、整齐。玉米地绿油油的，在一棵新砍倒的树上，放着海克托的斧子。正值大中午，平时两个小伙子应该在吃午饭，今天门却关着。

凯瑟琳将门闩拉开，进了屋，看到火灭了，只余下一堆白灰。老乌尔夫不在，屋内外是一片寂静。凯瑟琳坐下，想安静一下，等着两个哥哥。她是那么高兴，巴不得立刻看到路易和海克托。她将屋里扫视一圈，看着一件件熟悉的家具，就如同昨天她才离开一样，只有门外在风里轻轻抖动的玉米须子提醒着人们，夏天到了，丰收在望了。

两个姑娘开始忙着做饭，老雅各上山去找海克托和路易。

我无须编故事，路易看到凯瑟琳高兴得要发疯了，将她紧紧地抱住。印第安娜一看见她的白人兄长，就被他们紧紧地抱着、亲吻着，她羞得脸都红了，快乐的光在温润的黑眼睛里闪烁着。我也不用再多说，当凯瑟琳讲述印第安娜为其做出的牺牲和遇到的危险时，她的双眼湿润了，凯瑟琳又一次提到了那场可怕的审判。

我们也无须再说是何人溜出屋子，孤身一人坐在山头，在寂静的夏夜里想象这个不曾受过教育的姑娘的英雄气概，并做着一个关于爱的梦。年轻的读者朋友们，我们就不再纠缠着这些事情了。

老雅各看看木屋，说："现在，孩子们，你们是想在此继续住下去，直到老呢，还是想回到你们父亲们的家园？你们还想重新看一看你们童年时的乐园吗？"

路易郑重地说："回父亲身边。回我们童年时的家园。"凯瑟琳也热切地回答，海克托也顺着妹妹的话回应着。一丝不易觉察的困惑闪现在印第安娜的脸上，不过，一见到海克托那坚定的神色，她就表示完全同意了："你我二人的家是一个家。"

"好啦！孩子们，如果我没有记错的话，我们可以走那条通往清泉谷的印第安人的小路，不过，要翻过那边的松树山。话又说回来，即使是如同我这样的老家伙，走那条路也是很轻松的。"

海克托说："不过，离开这里，我还是有点儿舍不得。这里相当不错，不管是青山、山谷、平原，还是森林和水流都有。唉！

不过，我可以劝爸爸离开清泉谷来到此地。而且，我们如今与印第安人做了朋友。在这里不是挺好吗？凯瑟琳，你说呢？"

几个人计划了一阵，对未来充满了憧憬，然后就休息了。

早晨，他们起来将能带的东西都装好，然后，在他们的小木屋里吃了最后一顿饭——在这个家里，他们住了如此长的时间。

吃完饭，几个人一起跪在屋子的地上。他们马上就要离开了，屋子马上就会陷入孤寂、荒凉了，他们真诚地对始终爱护着他们的上苍祈祷。然后，他们踏上了茫茫荒野中的回家旅程。

不过，忠实的乌尔夫，这位家庭的一员则永远地留在了荒野里。可怜的乌尔夫始终期盼着女主人的归来，然而，就在凯瑟琳回来的前几天，它爬上凯瑟琳平常坐的地方，悄无声息地死在了那里。路易和海克托哭着将其埋在了桦树林下。

第 17 章

回家的路

我要起身，投奔我的父。

——《圣经·新约》

太阳快要落山了，在通往麦克斯韦尔和佩洪家田地的小路上，传来叮叮当当的牛铃的响声。林木繁茂的山顶将巨大的影子投下来，有一块绿洲恰好在影子里。

这块位于大森林中的绿洲是两个敢于冒险、勇气十足的男人替自己开辟的。牛在空地上的灌木丛间吃草，从前烧荒的火灰还如同几年前一样留在原地。灌木需要砍伐和焚烧，不过，他们的确缺少人手。成熟的麦子到了收割的时候，光滑的麦芒如同姑娘的头发一样在风中摆动着。远处，清泉的水在流淌时发出叮叮咚咚的响声，听起来十分悦耳。

这时，一个老妇人从低矮的木棚屋里走出来，她是来打水的。这个毫无喜气和生气的瘦削、苍白的身影，沿着绿色的农庄边走着。她的黑发已经全变白了，脸上一点儿血色也没有，如同白蜡一样。手干瘦干瘦的，如果将手对着太阳看，说不定可以透见阳光。这个妇女就是凯瑟琳和海克托的妈妈，老人家的心差不多碎了。她心里的忧愁事情真的太多了，她一刻也不曾将自己可爱的孩子忘记，那是她的长子和长女。

这时，走过来一个男人，开玩笑似的对女人悲悲切切的样子责备了几句。然而，如果细看那脸上的皱纹、宽宽的肩膀、浓浓的眉毛，不也可以发现隐藏在其后的无限的忧伤？这个男人就是海克托和凯瑟琳的父亲。两个半大小子正在麦地旁的篱笆边唧唧喳喳地说话，他们就是凯尼斯和小邓肯。两个人将镰刀挎在胳膊上，这几天他们正在忙着收麦子。

突然间，家里的两条猎狗布鲁斯和华莱斯狂吠起来，两个人急忙转头看去。

原来，是来了一个老人，这位老人正将肩上的背包放在水桶边，嘴里还哼唱着一支法语短歌。他轻轻地敲了敲敞开的门，我们的苏格兰主人过来和他大声打着招呼，不过，老人抓住了他的手就紧紧地握着不放。主人大叫起来："哈！雅各·莫莱勒，多年了你都没有再来过。"说着话，这个老兵的眼里闪着泪花。

老人声音沙哑地问："你的妻子还好吧？孩子们如何？"他可是个热心肠。

"可以让我在此过一夜吗？我还带了几个人，只须借屋子一角搭个地铺就可以。流浪的人没什么讲究的。"

"我们可得好好款待你们，都要用最好的东西。雅各，再次见到你真高兴啊！你们有多少人？"

"除了我还有四个，他们都是年轻人。他们原本住在一个孤寂的大湖畔，是我说服他们到这里来的。"

261

　　苏格兰人的脸痛苦地抽搐了一下，他将褪色的破帽子用手拉了拉，将眼睛挡住。"雅各，你知道吗？我们的几个孩子失踪了，差不多在三年前吧。"他哽咽着说。

　　老人说："主是仁慈的，他已经将他们都还给了你，邓肯，当然是借助我的手了。"

　　虔诚的父亲立刻把帽子掀起，喊道："快让我看看，让我看看我的孩子们。我还认为自己等不到这一天了呢。啊！凯瑟琳，老婆，真是太让人高兴了啊。"

　　一瞬间，他将雅各身后的孩子们都抱在了怀里。人是不可能高兴死的，这是一个新生的团圆。年轻的读者，如果你看见那位脸色苍白的妈妈脸上重现红晕，光芒在她昏花的眼睛里再现的话，你就会清楚这一点。

　　"可是路易呢？亲爱的路易，我的侄子在哪里？"

　　雅各没注意到，已经急不可耐的路易已经跳过篱笆，将凯尼斯和小邓肯抱住了，过了很长时间，他又向自己的家里跑去，然后钻到爸爸、妈妈、兄弟姐妹的怀里痛哭了一阵。老雅各压根没时间把他介绍给大家。

　　大家都非常高兴。"那个坐在篱笆边石头上的姑娘是谁？她将头埋在膝盖上，黑发如同帘子一样。"苏格兰人指着那边问，可怜的印第安姑娘就在那儿坐着，她不能分享这团聚的欢乐。虽然身边的人都很开心，不过，她是孤独的，不曾拥有爸爸的拥抱和妈妈的亲吻。

凯瑟琳说："这是我的印第安妹妹，她也是您的孩子。"海克托把印第安娜半拖半领地带到父母面前，向父母提出好好对待她的请求，因为大家欠她的确实太多了。我就不想再如此繁琐地对简陋的茅屋里的快乐进行讲述了，也不打算再对亲人们回来后凯尼斯和小邓肯的幸福进行细说了，我的故事马上要结束了。

时光如梭，孩子们回来已经好几年了。在那几年中，发生了很大的变化。木棚屋朽坏、坍塌了，代之以一大丛松树；熏黑的木头围起来的围栏旁，此刻已经成为青草的驻地，当初的围栏已经荡然无存。第一批垦荒者不曾留下任何印迹，这里已经被另外一个部落所占领。

从科伯格来的人们在经过清泉谷、走向戈尔登陆点时，就会发现，路两边各有一个绿草堆，那或许就是我们的小鲁滨孙们从前建造的屋子的所在。

春天，树木在雄伟的小山上生长着；到了夏天，繁茂的树叶把小山遮得严严实实的。树木后面的峡谷里，清泉还在奔涌着，行人如果口渴，可以去那里畅饮一番。泉水沿着一个雪松水槽流过去，那是路易·佩洪替妈妈打水准备的。剩下的东西都不存在了。

究竟发生了什么事呢？说起来相当简单：邓肯·麦克斯韦尔

263

从几个过路的毛皮商人那里得知，一伙苏格兰高地人来到了蒙特利尔，在那里开垦荒地，其中就包括他的亲戚。

退伍的老兵决定去找他们，他很轻松地就把自己的妻兄说服了，他们都认为与人群的距离太远了点。于是，他们辞别清泉谷的木屋，一路向南来到了新垦荒地，并受到了热烈的欢迎，大家因为远离故土而特别珍视能相互帮助的同伴们。

没过多长时间，邓肯·麦克斯韦尔买了地，还盖了房子，新建了自己的家。

海克托已经长成了一个相当勤快的大小伙子。就在那一年，他接受了洗礼，印第安姑娘也在接受了洗礼后成了他的新娘。至于路易和凯瑟琳，我不知道他们是如何越过近亲这道鸿沟的，总之，就在海克托和印第安娜成亲的当天，他们也结婚了，从此幸福地生活在一起。

在此后的岁月里，他们还经常坐在壁炉旁，向孩子们讲起他们从前在莱斯湖边的历险故事。

逆境中的生存法则

苏珊娜·穆迪

　　用逼真生动的笔触将身处困境的人们怎样找食物、求生存的真实故事讲述出来，总是可以获得人们的共鸣。

　　当人身处困境时，其名誉和地位都变得微不足道，必须专心地应对饥寒交迫、野兽侵袭等危险的局面。人们因为海难、战争、迷路或者暴乱而远离家园，缺乏生活必需品，不但无法享受标志着社会各阶层文明程度的各种奢侈待遇，甚至"每日的面包"都不能得到保障。

　　纵然最幸运的人碰到这种情形，也经常会饱受磨难之苦，因此，与一起遭难的人能建立起同生死、共患难的深厚情谊。

　　谁都会对可怜的水手亚历山大·塞尔科克[1]报以同情，英国作家丹尼尔·笛福以其为原型，天才地创造了无法模仿的鲁滨孙的

1　塞尔科克（AlesxanderSelkirk，1676—1721），英国水手，生于苏格兰，笛福所著《鲁滨孙漂流记》中主人公的原型。

形象，这个名字原本在英格兰东部的中产阶层中妇孺皆知，现在，又成为了拓荒者的同义词。

倘若有人身处与世隔绝的荒野中并安家、耕作，那此人就是鲁滨孙。谈到与世隔绝，在海上遇险，或者受困在荒凉的海滩，是英国人主要关注的对象。大家通常不会想到，在加拿大，基本上每个夏天都有拓荒人家的孩子失踪，他们大多数是迷失在林区的莽莽丛林中，与这部书描述的故事基本相同。

这些迷失在森林中的孩子，大多数都死在了荒野。正是想让大家将加拿大的自然状况记住，于是，本书的作者就通过有趣味的想象，把这个故事写了出来。

一般人对于自己所在之地的资源与物产了解得很少。相反，生活艰苦时，人们会更加有效地了解土地上富饶的动植物、物产资源。作者的目的就是将青少年读者对加拿大大自然的兴趣激发起来，这种办法相当简单，就是通过给他们讲故事的方式，让孩子们清楚，一旦落到如同莱斯湖平原上的几位流浪者那样的恶劣处境时，应该怎样化险为夷。

对于浆果、根茎、谷物这类概念，科学书籍中都有着相当专业的描述与分类，然而，孩子们在日常生活中却不一定会关注到。可是，有伙伴眼看就要饿死，他们的同情心就会发自内心而来，此刻，让他们亲眼目睹浆果这类植物可以充饥，他们或许就会牢牢记住这种东西。

那些专注于替下一代着想的父母，离乡背井、移居海外的原因，就是想为孩子创造一个更加独立自主的生活环境。既然如此，何不让孩子们有所准备，对他们要去的国家有一定了解呢？这是非常必要的事情。

孩子们到了一个新地方，一定会接触那里的动物、植物、自然万物，甚至更微小的东西，在那片辽阔大地上，生存着无数已知和未知的生灵。

《丛林漫谈》一书是本书作者特雷尔夫人的前一部作品，这本书在出版数年后，被收入耐特先生主编的《实用知识文库》，已经印行了无数次（虽然是匿名出版的），也作为一部经典作品得到读者的广泛赞誉，在这里，我不打算说更多了。

我要说的是，面前的这本书，风格和《丛林漫谈》一样纯朴、迷人，同样语言含蓄。英国女性一旦踏上了移民海外的冒险之旅，就一定要学会吃苦，本书的作者性格随和，与任何一位英国移民女性一样，也饱尝艰苦，不过在这本书中，我们没有感到一丝怨气。

她利用自己多年的拓荒经验，将知识传授给年轻一代的移民，引导他们开阔眼界，吸引他们对这个新兴国家的物产加以关注。让他们知道，这是一个充满生机与活力之处，人们可以自由地选择自己的生活，也需要充满智慧地对待自然界的一切。